811

リメイクの日本文学史

今野真二
KONNO SHINJI

HEIBONSHA

リメイクの日本文学史●目次

はじめに

筆者の勤務している大学では、十一月ぐらいから推薦入試が始まる。推薦入試では面接を行なう。筆者は日本語日本文学科の教員なので、面接ではごく自然に「近代文学作品ではどんなものを読みましたか」というような質問をする。受験生は少し緊張しながら、「夏目漱石の『こころ』を読みました」と答えたり、芥川龍之介の「羅生門」を読んだ、と答えたりする。すると、「それは教科書で読んだということですか」というように、面接担当教員から「切り返される」ことになる。それに対しての受験生の答えはさまざまだが、それはそれとして、そのように、夏目漱石の『こころ』と芥川龍之介の「羅生門」は高等学校の国語の教科書に採りあげられる近代文学作品の「定番」といってよい。

例えば『精選現代文 改訂版』(二〇一二年、筑摩書房)には『こころ』が、『新編国語総合』(二〇一三年、東京書籍)には「羅生門」が載せられている。『こころ』は長編なので、教科書に全文が掲載されることはないと思われるが、「羅生門」は全文が掲載されている。

教科書に載せられている「羅生門」は「下人の行方は、誰も知らない」という印象的な一文で終わる。「羅生門」は大正四（一九一五）年十一月一日に刊行された『帝国文学』第二二巻第一一（通巻第二五二）号に「柳川隆之介」（目次では柳川隆之助）の名前で発表されたが、その時は「下人は、既に、雨を冒して、京都の町へ強盗を働きに急ぎつゝあつた」という一文で終わっていた。

それが大正六年五月に阿蘭陀書房から出版された短編集『羅生門』では「下人は、既に、雨《あめ》を冒《をか》して、京都の町へ強盗を働きに急いでゐた」と書き換えられており、大正七年七月に春陽堂から刊行された短編集『鼻』に再度「羅生門」が収められる際に、「下人の行方は、誰も知らない」という、今知られているかたちに書き換えられている。

書き換えたのは作者である芥川龍之介なので、「作者による作品の書き換え」ということになる。いうまでもないことであるが、作者は何らかの意図をもって、こうした書き換えを行なっているはずであり、その「意図」を探ることは文学研究の課題の一つといえよう。「羅生門」全体についての論文は多数書かれているし、この書き換えについて言及している論文も少なくない。

ここまでの話は、いったん発表された作品の「書き換え」であるが、作品を書くプロセスにおいて、作者があれこれと表現をかえることがある。というよりも、そういう「推敲」を経て作品が完成するといってもよい。自筆原稿が残されていれば、そこに残された訂正の跡をたどることによって、作者による「推敲」のプロセスを探ることができる。自筆原稿は作品が生まれ出る「現場」のようなもので、「現場」をくまなく検証することによって、作品ができあがるプロセスを推測し、そうしたプロセスを考え併せながら、作品を「読み解く」ことができる場合もある。第三章では、自筆原稿を採りあげて、「書き換え」のプロセスを追跡してみようと思う。

さて、「羅生門」はさきほど述べたように、高等学校の教科書にも載せられている。短編集『鼻』に収められた「羅生門」の冒頭の四つの文を次に示してみよう。

或日の暮方の事である。一人の下人が、羅生門《らしやうもん》の下で雨やみを待つてゐた。
廣い門の下には、この男の外《ほか》に誰もゐない。唯、所々丹塗《にぬり》の剝げた、大きな圓柱《まろばしら》に、蟋蟀《きりぎりす》が一匹とまつてゐる。

一方、『新編国語総合』（東京書籍）では次のようになっている。

ある日の暮れ方のことである。
一人の下人《げにん》が、羅生門の下で雨《あま》やみを待っていた。
広い門の下には、この男のほかに誰もいない。
ただ、ところどころ丹塗《にぬ》りの剝《は》げた、大きな円柱《まるばしら》に、きりぎりすが一匹とまっている。

明治期、大正期の活字印刷においては、漢字字体は「康熙字典体」が使われることが多く、仮名遣いはいわゆる「歴史的かなづかい」（＝古典かなづかい）あるいはそれにちかいものが使われることが多かった。現代の言語生活についていえば、漢字に関しては平成二十二（二〇一〇）年に改定された「常用漢字表」に、仮名遣いに関しては昭和六十一（一九八六）年に定められた「現代仮名遣い」に拠ることがほとんどであるので、明治期や大正期に印刷された文献を現代において印刷、出版するにあたっては、「常用漢字表」に載せられている漢字については、載せられている漢字字体に、「歴史的かなづかい」は「現代仮名遣い」に変えることが一般的である。一般的であるので、そのことについてはほとんど気にならないかもしれないが、これも「作品の書き換え」とみることができる。

本書は「書き換えられた文学作品」をテーマとしている。「書き換えられた」は、「書き手」＝作者の意図に反して、というようなニュアンスを伴なうかもしれない。そういうことも当然考えられる。しかしある書き換えが「作者の意図に反して」いるかどうかを作者以外の人物が「測定」することはむずかしい。そこで、「作者以外の人物によって書き換えられた」という枠組みをつくっておくことにする。そうすると、作者没後に出版された全集や、アンソロジーなどに作品を収めるにあたっての、改変＝書き換えは、すべて「作者以外の人物による書き換え」という枠組みに入ることになる。

夏目漱石の自筆原稿と、それに基づいて活字印刷されたはずの『朝日新聞』とを対照すると、「異なり」があることがわかる。その「異なり」の幾つかは、漱石が新聞の校正段階で（自身の意志で）変えたものだろう。しかし、『朝日新聞』の印刷過程において、つまり漱石の知らないところで、変えられたものも少なからずあると推測する。漱石の作品は東京と大阪の『朝日新聞』に同日掲載されることが多い。東京の『朝日新聞』と大阪の『朝日新聞』とを対照すると、そこにまた「異なり」がある。近代文学作品は、雑誌や新聞にまず発表されることが多い。それを「初出」と呼ぶ。「初出」の語義は〈初めて世に出ること〉で、「初出」が一般的な読者＝読み手に公開された文学作品の起点といってもよい。その起点、歩みだしの時点で、すでに自筆原稿と異なるのだから、このような体の書き換え、改変は文学作品にとって回避できないことともいえよう。

「リライト（rewrite）」という語がある。試みに『三省堂国語辞典』第七版（二〇一四年）

を調べてみると、「もとの原稿（ゲンコウ）や記事などに手を入れて書きなおすこと」と説明されている。現在では、「あるプログラミング言語で書かれているプログラムを別のプログラミング言語に書き換えること」も「リライト」と呼ぶ。この場合は言語を移し換えることが「リライト」と呼ばれている。

川端康成の『伊豆の踊子』の「道がつづら折りになって、いよいよ天城峠に近づいたと思う頃、雨脚が杉の密林を白く染めながら、すさまじい速さで麓から私を追って来た」をサイデンステッカー（E. Seidensticker）が「A shower swept toward me from the foot of the mountain, touching the cedar forests white, as the road began to wind up into the pass.」と英語に置き換えることは「翻訳」と呼ばれるが、これだって、「文学作品の書き換え」＝リライトとみることができる。「羅生門」も英語に翻訳されているし、魯迅によって中国語に翻訳されたりしている。「文学作品の書き換え」「書き換えられた文学作品」がとらえる「言語現象」はかなり幅広い。本書第二章では、明治期において、外国文学がさまざまなかたちで日本語に移し換えられたことを採りあげた。

「書き換えられた文学作品」には「書き換えられる前の文学作品」がある。ここまで述べてきたように、「書き換え」には、さまざまな「書き換え」がある。本書では、説明の枠組みをわかりやすくするために、必要に応じて「書き換えられる前（の文学作品）」を

「原作」、「書き換えられた文学作品」を「リライト（版）」と呼ぶことにする。

さて、「羅生門」に話を戻そう。もともとは「まろばしら」と振仮名があったのに、教科書では「まるばしら」と振仮名を施している。「マロバシラ」と「マルバシラ」とは語形が近似しているが、別語形である。「キリギリス」はもともとは漢字列「蟋蟀」で書かれ、それに「きり〴〵す」と振仮名が施されていたが、教科書は「きりぎりす」と平仮名書きしている。こうしたことについて、「いやあ、そんなのはたいしたことないんじゃない。同じようなものだよ」と思われる方もいるだろう。それはそれでいいのだが、本書ではこれも「作品の書き換え」と考えることにしたい。そしてこれは「作者以外の人物による作品の書き換え」ということになる。


右に引用した四つの文に二つの文が続いて第一段落が終わる。その二つの文の中に漢字列「朱雀大路」「市女笠」「誰」が使われていて、それぞれに振仮名が「すじやくおほち」「いちめかさ」「たれ」と施されている。この箇所は、『新編国語総合』では、「すざくおおじ」「いちめがさ」と振仮名が施されている。「誰」には振仮名が施されていない。漢字「誰」は「常用漢字表」に載せられていて、「だれ」という訓が認められている。「誰」に振仮名が施されていないのは、この「誰」は「だれ」を書いたものだという判断であろう。

しかし、「すじやくおほち」から導き出される発音形＝語形は「スザクオージ」ではなく「スジャクオーチ」、同様に「いちめかさ」から導き出される発音形＝語形は「イチメガサ」ではなく「イチメカサ」である。そして「たれ」から導き出される発音形＝語形は「ダレ」ではなく「タレ」である。江戸期の文献にすでに「ダレ」はみられるが、明治二十四（一八九一）年に完結した『言海』では、「たれ」を見出し項目とし、それに続いて「だれ」を見出し項目としているが、「だれ」を「前条ノ語の訛」と説明している。

大正六年に出版された『羅生門』も、大正七年に春陽堂から出版された『鼻』も、濁音音節にはきちんと濁点が使用されていると思われる。したがって、「いちめかさ」は「イチメカサ」、「たれ」は「タレ」を書いたものとみるのが自然である。さきほどの「マロバシラ／マルバシラ」もそうであるが、「スジャクオーチ／スザクオージ」「イチメカサ／イチメガサ」「タレ／ダレ」は「たいして変わらない」という「心性」なのだろうか。あるいは現代語で使っている語形に黙って変えたということなのだろうか。「たいして変わらない」のであれば、もともとのままにしておくというやりかたもある。

教科書だけではない。例えば『羅生門・鼻』（一九六八年発行、一九八五年三十八刷改版、一九九一年四十六版、新潮文庫）でも「円柱《まるばしら》」「朱雀大路《すざくおおじ》」「市女笠《いちめがさ》」「誰」であるし、『羅生門　杜子春』（二〇〇七年第十刷、岩波少年文庫）では「丸柱」「朱雀大路《すざくおおじ》」「市女笠《いちめがさ》」「だれ」である。『鼻・羅生門』（一九七九年初版、一九九四年第十九刷、ポプラ社文庫）では、「円《まる》柱《ばしら》」「朱雀大路《すざくおおじ》」「市女笠《いちめがさ》」「たれ」で、「原作」の「誰《たれ》」を平仮名書きに換えている。現在は小学校の間に一〇〇六字の漢字を学習することになっていて、どの学年でどの漢字を習得するかも決まっている。したがって、小学校高学年向けに編集するのであれば、学習済みの漢字は使って、学習していない漢字は使わないか、使うが振仮名を附けるか、何らかの「手当て」をするということは一般的である。

　本書は「書き換えられた文学作品」をテーマとしているが、このような例は「知らないうちに書き換えられている文学作品」といったほうがよいかもしれない。新潮文庫『羅生門・鼻』には末尾に「文字づかいについて」というくだりがあって、「新潮文庫の文字表記については、なるべく原文を尊重するという見地に立ち、次のように方針を定めた」とあって、六項目があげられている。しかし、これは「文字づかい」「文字表記」についての定めなのであって、「マロバシラ」を「マルバシラ」にするのは語を換えるということである。しかし、そういうことをしているとはどこにも謳われていない。やはり、「知らないうちに書き換えられている」といえよう。新潮文庫には、そもそも何を底本にしているか記されていないので、もしかしたら、新潮文庫の編集者も知らないことかもしれない。

　ところで、「羅生門」は『今昔物語集』巻二十九第十八話「羅城門登上層見死人盗人語（羅城門《らせいもん》の上層に登りて死人を見たる盗人のこと）」及び巻三十一第三十一話「大刀帯陣売魚嫗語（大刀帯《たちはき》の陣に魚売る嫗《おうな》のこと）」とを「下敷き」にして書かれていることがわかっている。今「下敷き」という表現を使ったが、「換骨奪胎」という表現が使われることもある。これを「書き換え」とみなせば、この場合は、『今昔物語集』に収められていた古典文学作品を、芥川龍之介が「書き換えた」、リメイクしたということになる。こういう「書き換え」もある。古典文学作品のリメイクについては第一章で扱う。

「羅生門」に限らず、少年少女向けに、文学作品がリライトされることがある。表現をかえ、表記をかえて、子供が読みやすいように作品を「書き換え」る。これも「作品の書き換え」だ。このことについては第六章で扱う。

右ではふれなかった「書き換え」はまだまだある。本書はそうした「文学作品の書き換え」を多面的に採りあげたい。そこで何を考えてみたいかといえば、文学作品は言語によって成り立っているのだから、「書き換え」は言語面での「書き換え」ということになる。ある語を別の語に書き換える、もっと大きな言語単位について書き換える。そのことによって、表現はどうかわり、どうかわらないか。どうしてそのような書き換えをしたのか。この「どうして」の答えは場合によっては書き手の心理を推測することになってしまい、こうも考えられるし、ああも考えられるということになるかもしれない。その場合は、少し方向をかえて、どうしてそのような「書き換え」が可能なのかということを考えてみよ

う と思う。

ヒトという生物は言語を使うことを特徴とするといってもよい。それならば、言語は精密に使いたい。「言語を精密に使う」といった時に、そこにはさまざまな言語活動が含まれる。本書で採りあげていることがらにかかわることといえば、まずは「よむ／書く」ということになる。

本書では「書き換え」について考えようとしているが、何かを「書き換える」にあたっては、まず「よむ」という行為がある。よまずに書き換えるということはないといってもよい。ある文学作品をよむ。その文学作品が読み手に働きかける。そのことによって、自分も文章を書いてみたいと思う。この場合は、「書き換え」ではないが、書こうという気持ちにさせたということではある。そのような、「書こうという気持ち」にさせる何かがいわば宿っているのが文学作品ではないだろうか。「書こうという気持ち」は読み手を書き手に変える力といってもよい。「書き換え」は「再生産（reproduction）」でもある。新しい「創造」といってもよい。

書き換えというと、書き換えた結果よくなったか、ならなかったか、ということが話題になりやすい。しかし、それを判定することは実はむずかしい。自分は書き換えられたかたちが好きだとか、いや書き換えない前のほうが好きだ、ということはいえるだろう。それは「自分の好み」であって、「自分」が変われば「好み」も変わる。だから、本書では、書き換えた結果よくなったかどうか、ではなくて、書き換えを促す力のようなものにも目を注いでいければと思う。そして、できるだけ言語に密着して、書き換えという現象を観察していきたい。

第一章　古典文学はリメイクされる——源氏物語と牡丹燈籠

章題の「古典文学」は「近代文学」に対しての謂いで、江戸時代以前の文学をさしているが、それとは別に「古典とは何か」ということが話題になることがある。『新潮国語辞典』第二版は、〈過去の長い年月にわたって多くの人が尊重し、規範としてきた作品〉と説明しているが、過去から現代まで、といってもよい。「多くの人が尊重し、規範と」するからこそ、引用をされたり、場合によっては、リメイクをされるのであり、「古典」はそのまま、あるいは形を変えて現代まで、そしておそらく未来まで生き続けるといってもよいだろう。生き続けるものが「古典」といってもよい。そうすると、「古典」はリメイクされることがむしろ自然であるともいえる。

例えば、世阿弥は『通盛《みちもり》』『忠度《ただのり》』『実盛《さねもり》』『頼政《よりまさ》』『清経《きよつね》』『敦盛《あつもり》』『八島《やしま》』『経政《つねまさ》』など、『平家物語』を題材とした能を多く作っている。世阿弥の娘婿にあたる金春禅竹《こんぱるぜんちく》も『盛久《もりひさ》』

『維盛《これもり》』『重衡《しげひら》』『千手《せんじゅ》』『小督《こごう》』『景清《かげきよ》』『俊寛《しゅんかん》』『大原御幸《おおはらごこう》』などを作っているが、これらは『平家物語』を素材としたリメイク作品とみることができる。そして江戸時代になると、浄瑠璃や歌舞伎作品としてまたリメイクされるというように、古典文学作品のリメイクは続いていく。

『半蔀《はじとみ》』『夕顔』『葵上《あおいのうえ》』『野宮《ののみや》』『須磨源氏』『住吉詣《すみよしもうで》』『玉鬘《たまかずら》』『落葉』『浮舟』『源氏供養』など、『源氏物語』を題材とした作品も少なくない。

この章では、『万葉集』（原作）、『源氏物語』（原作）と三遊亭円朝の『怪談牡丹燈籠』（リメイク）とを具体的にとりあげることにする。

リメイクされた(?)『万葉集』の和歌

春過ぎて夏来たるらし白たへの衣干したり天の香具山　（『万葉集』）
春過ぎて夏きにけらし白たへの衣干すてふ天の香具山　（『新古今和歌集』）

田子の浦ゆうちいでて見ればま白にそ富士の高嶺に雪はふりける　（『万葉集』）
田子の浦にうちいでて見れば白たへの富士の高嶺に雪はふりつつ　（『新古今和歌集』）

よのなかを何にたとへむあさびらき漕ぎいにし船の跡なきごとし　（『万葉集』）
よのなかを何にたとへむあさぼらけ漕ぎゆく船の跡のしらなみ　（『拾遺和歌集』）

あまざかるひなの長路ゆ恋ひ来れば明石の門より大和島見ゆ　（『万葉集』）
あまざかるひなの長路をこぎくれば明石の門より大和島見ゆ　（『新古今和歌集』）

笹の葉はみ山もさやにさやげども我は妹《いも》思ふ別れ来ぬれば　（『万葉集』）
笹の葉はみ山もそよにみだるなり我は妹思ふ別れ来ぬれば　（『新古今和歌集』）

『万葉集』は八世紀に成ったと考えられている。だから『万葉集』の和歌は八世紀の日本語で書かれていると考えてよい。その『万葉集』の巻一に収められている「春過ぎて夏来たるらし白たへの衣干したり天の香具山」（二八番歌）が、一二〇五年頃には編まれていたと推測されている、八番目の勅撰和歌集である『新古今和歌集』に「春過ぎて夏きにけらし白たへの衣干すてふ天の香具山」というかたちで収められている。

「春過ぎて夏来たるらし」は、現代日本語に置き換えるならば「春が過ぎて、夏が来たらしい」で、「春過ぎて夏きにけらし」は「春が過ぎて夏が来たのだな」なので、ここはさほど変わっていない。第四句の「白たへの衣干したり」は「衣が干してあるよ」で、「衣干すてふ」は「衣を干すと聞く」で表現内容が変わる。

右では漢字仮名交じりで書いたが、『万葉集』が成った八世紀には、まだ仮名がうまれておらず、右の和歌は、

春過而　夏来良之　白妙能　衣乾有　天之香来山

と漢字で書かれていた。漢字で書かれていた『万葉集』は仮名がうまれ、使われるようになった十世紀の半ば頃にはすでに（すらすらとは）読めなくなっていたと思われ、天暦五（九五一）年には村上天皇によって、『万葉集』に訓点を施す事業が始められている。そこでは「夏来良之」や「衣乾有」をどうよめばいいかということが議論されたと思われるが、「夏来たるらし／夏きにけらし」、「衣干したり／衣干すてふ」はそうした「よみ」の「揺れ」であるというみかたもある。そのみかたに従えば、『新古今和歌集』の撰者が改作＝リメイクしたのではなく、二つの「よみ」があったにすぎないということになる。しかし、その一方で、例えば、第四句について、『万葉集』では「衣が干してある」（＝衣が干されている）という実景を写しているだけであるが、『新古今和歌集』の「衣干すてふ」は「夏

が来ると衣を干すと聞く天の香具山に今それが見える」ということで、実景に伝承が重ねられて、現在と過去とを結ぶような表現になっているというみかたもある。実際に意図的にリメイクされたかどうかは措くとしても、使用する語が少し変わるだけで、表現内容ががらっと変わるということがある、ということには注目しておきたい。

『万葉集』巻三に収められている山部赤人の「田子の浦ゆうちいでて見ればま白にそ富士の高嶺に雪はふりける」（三一八番歌）が、『新古今和歌集』に「田子の浦にうちいでて見れば白たへの富士の高嶺に雪はふりつつ」というかたちで収められていることは、先の持統天皇の和歌のこととともに、よく知られていることかもしれない。二首ともに、「百人一首」の歌でもある。

同じく『万葉集』巻三に収められている柿本人麻呂の「あまざかるひなの長路ゆ恋ひ来れば明石の門より大和島見ゆ」（二五五番歌）は、『新古今和歌集』巻十に「あまざかるひなの長路をこぎくれば明石の門より大和島見ゆ」というかたちで収められている。『万葉集』の和歌の第二句・三句の「ひなの長路ゆ恋ひ来れば」が「ひなの長路をこぎくれば」となっている。格助詞「ユ」は、格助詞「ヨリ」とほぼ同様に、上代に使われた格助詞であるので、八世紀には使われていたが、『新古今和歌集』の編まれた十三世紀には当代語としては使われていなかったはずで、いつかは特定しにくいが、いずれかの時点でリメイクされた可能性がたかい。「田子の浦ゆ」は「田子の浦より」で、「田子の浦に」はそのまま「田子の浦に」なので、表現内容が異なってくる。

高等学校の教科書に載せられていることもある柿本人麻呂の和歌に「笹の葉はみ山もさやにさやげども我は妹思ふ別れ来ぬれば」（巻二、一三三番歌）がある。もともとは「小竹之葉者　三山毛清尓　乱友　吾者妹思　別来礼婆」と書かれている。第三句の「乱友」は、「サヤゲドモ」以外にも「マガヘドモ」「ミダルトモ」「ミダレドモ」を書いたものという説があり、その他にもさまざまな説があり、「よみ」が一つに定まらない。

この和歌が『新古今和歌集』には「笹の葉はみ山もそよにみだるなり我は妹思ふ別れ来ぬれば」（九〇〇番歌）というかたちで収められている。『万葉集』（「さやげども」）の表現は、上三句の「笹の葉は山全体がさやさやと風にそよいでいる」が外界の明るさをあらわし、接続助詞「ドモ」によって、それとはうらはらな下二句「私は妻のことを思う。別れて来たので」という作者内面の暗さにつながっていく、という解釈がなされることがある。そうだとすると、『新古今和歌集』では、上三句と下二句との対比を鮮やかにしていた接続助詞「ドモ」が使われず、上三句で切れることで、やや表現が平板になっているともいえよう。

『万葉集』巻三に収められている「よのなかを何にたとへむあさびらき漕ぎいにし船の

跡なきごとし」（三五一番歌）が三番目の勅撰和歌集である『拾遺和歌集』には「よのなかを何にたとへむあさぼらけ漕ぎゆく船の跡のしらなみ」（一三二七番歌）というかたちで収められている。「アサビラキ」は「船が朝、港を出発すること」で、「アサボラケ」は「朝、空がほのかに明るくなった時」で、語が異なる。そして「アサボラケ」は『万葉集』には使われていない語である。この三五一番歌では「旦開」と書かれているが、『万葉集』には「安佐妣良伎」（三五九五番歌など）や「安佐婢良伎」（四四〇八番歌）などと書かれたものもあり、「アサビラキ」という語があったことはたしかだ。「旦開」以外に「朝開」（一六七〇番歌）もあり、このような「旦開」「朝開」などを後世になって、「アサボラケ」という語を書いたものと推測した、とみるのが自然かもしれない。

小見出しに「リメイクされた（?）」と「?」を附けたのは、ここまで述べてきたように、意図的にリメイクされたとみるみかたとそうでないみかたとがあるからだ。「そうでないみかた」は漢字で書かれていた『万葉集』の「よみ」のバリエーションとしていろいろなかたちがあり、現在の「よみ」とは異なるかたちが勅撰和歌集に収められているとみている。その他に、伝えられていく間に、和歌のかたちが変わっていく、ということも考えられる。それは積極的なリメイクではないだろうが、文学テキストが伝播していく間に（無意識的に）行なわれたリメイクともいえよう。こういうことは少なくない。というよりもむしろ多い。それは「意図的に書き換えられた文学作品」ではないかもしれないが、「結果として書き換えられた文学作品」とみることができる。

本歌取り

『万葉集』の歌が『新古今和歌集』にかたちを変えて収められている例を幾つか採りあげた。『新古今和歌集』といえば、「本歌取り」で知られている。『新古今和歌集』の二番目に次のような和歌が収められている。

ほのぼのと春こそ空に来にけらし天の香具山霞たなびく

この歌は『万葉集』巻十に収められている「ひさかたの天の香具山このゆふべ霞たなびく春立つらしも」(一八一二番歌)を本歌としていると考えられている。一八一二番歌の歌意は「天の香具山にこの夕べ霞がたなびいている。春が立つらしいなあ」ぐらいで、一方『新古今和歌集』二番歌の歌意は「ほのぼのと春が空に来たなあ。天の香具山に霞がたなびいている」ぐらいだ。両歌で、具体的に重なっている語に傍線を施してみた。

本歌が、「天の香具山に霞がたなびく」ということと「春になる」ということとを結びつけていることを受けて、『新古今和歌集』の歌はつくられている。天の香具山に霞がたなびいているからといって、どうして春が来たといえるのか？　といえば、『万葉集』にそういう和歌があるのだ、というのが本歌取りであるが、言い換えれば、『万葉集』の和歌の「(おもしろい)みかた」を支えとして新しい表現をうみだしたともいえるだろう。そこには積極的な意志がはたらいている。『万葉集』の和歌が「新しい表現を書きたいという気持ち」を呼び起こしたといってもよい。これは第二章で採りあげる「翻案」ということにもちかい。

『源氏物語』と『狭衣物語』

十三世紀頃には成立したと考えられている『無名草子《むみょうぞうし》』という書物がある。物語の評論のような内容をもつ。その『無名草子』は『源氏物語』を採りあげるが、それについで『狭衣物語《さごろも》』を採りあげ、さらにそれに続いて『夜半の寝覚《よわねざめ》』、『浜松中納言物語』について述べていく。そして、『浜松中納言物語』の登場人物である「源中納言」について、「薫大将のたぐひになりぬべく、めでたくこそあれ」とほめたたえる。物語のできばえをどう評価するかということは別として、『無名草子』が書かれた時点において、『浜松中納言物語』の「源中納言」が『源氏物語』の「薫君」を下敷きにしていることははっきりと認識されていたことがわかる。

『狭衣物語』の「狭衣」についての描写には「早うは仲澄の侍従、宰相中将などの例どももなくやは」とあり、ここでは「狭衣」が『うつほ物語』の仲澄の侍従、『源氏物語』の宰相中将（＝薫君）にはっきりとなぞらえられている。

『狭衣物語』『浜松中納言物語』がそれぞれ、どのように『源氏物語』を受け継ぎ、どのようにそこからの展開を試みているかということは、そのまま文学研究のテーマであるので、それは文学研究者にまかせることにして、ここでは少しだけ『狭衣物語』冒頭の「本文」をみておくことにしよう。『狭衣物語』は次のように始まる。


少年の春惜しめども留《とま》らぬものなりければ、三月《やよひ》も半ば過ぎぬ。御前《おまへ》の木立、何となく青みわたれる中に、中島の藤は、松にとのみ思ひ顔に咲きかかりて、山ほととぎす待ち顔なり。池の汀《みぎは》の八重山吹は、井手のわたりにやと見えたり。光源氏、身も投げつべし、とのたまひけんも、かくやなど、独り見たまふも飽かねば、侍童《さぶらひわらは》の小さきして、一房づつ折らせたまひて、源氏の宮の御方《かた》へ持《も》て参りたまへれば、御前に中納言、少、中将などいふ人々、絵描き彩りなどせさせて、宮は御手習せさせたまひて、添ひ臥してぞおはしける。

「中島の藤は、松にとのみ思ひ顔に咲きかかりて」の箇所は、三番目の勅撰和歌集である『拾遺和歌集』の「夏にこそ咲きかかりけれ藤の花松にとのみも思ひけるかな」（＝夏に咲きかかるものだったよ、藤の花は。松に咲きかかるとばかり思っていたのだが）をふまえた表現であることが指摘されている。「これだけでそんなことがいえるのだろうか」と思われた方もいるかと思うが、副助詞「ノミ」の使用と「サキカカル」という複合動詞が共通しているということで十分であると思う。ある歌を下敷きにして新たな歌を作るのは「本歌取り」といわれるが、表現の継承は和歌から和歌に限ったことではない。和歌をふまえて、物語の「地の文」を書くこともある。それを「本歌取り」とはいわないけれども、「心性」は同じと考えてよい。先行する文学作品をとりこんで新たな表現をつくりあげるということで、「書き換え」とはいいにくいかもしれないが、「リメイク」ということはできるだろう。

続く「山ほととぎす待ち顔なり」は勅撰和歌集のはじめである『古今和歌集』の「わが宿の池の藤波咲きにけり山ほととぎすいつか来鳴かむ」をふまえたものと思われる。このあとの「光源氏、身も投げつべし、とのたまひけん」においてはより直接的に「光源氏」という語が使われているが、これは再会した朧月夜に詠みかけた光源氏の「沈みしも忘れぬものをこりずまに身も投げつべき宿の藤波」（＝（あなたのために須磨で）沈んで暮らしたことを忘れていないのに、またこりもせず身を投げてしまいそうになるこの家の淵だ。『源氏物語』「若菜上」）、あるいは胡蝶巻において、玉鬘に思いを寄せる蛍兵部卿宮に詠みかけた光源氏の「淵に身を投げつべしやとこの春は花のあたりを立ち去らで見よ」をふまえたものとの指摘がある。さらに、この冒頭部分は『源氏物語』胡蝶巻の冒頭部分との似寄りが指摘されている。胡蝶巻の冒頭部分には「中島の入江の岩陰にさし寄せてみれば」というように「中島」という語が使われているからである。

例えば五つの語から成っている一文があったとしよう。五つの語のうちの一つを別の語にしただけで、別の文になる。「別の文」だから文意は異なる。しかし四つの語は共通しているのだから、重なり合う文意が残る場合もあるはずだ。二つの文を対照してみれば、語が一つ入れ替わった、書き換えられただけだから、二つの文がそういう関係にあることは誰にでもわかる。では二つを入れ替えたら、三つを入れ替えたら、四つを入れ替えて、共通する語が一つになったら？　そうなると「書き換えた」ともいいにくくなるだろう。共通点がみえていて初めてAをBに「書き換えた」といえるからだ。そのことからすれば、ある程度の長さをもった、つまり複数の文から成る「冒頭部分」に、「中島」という語が共通しているからといって、両者が関係あるとは通常はいいにくい。しかし、「中島」が胡蝶巻を思わせる語であったらどうか。

『源氏物語』五十四帖の中で、「中島」という語はたった三回しか使われていない。そのうちの二回が胡蝶巻の冒頭に使われている。残りの一回は少女巻である。『源氏物語』を熟知している人でも、「中島」という語から少女巻の管弦の遊びや胡蝶巻の冒頭をすぐに想起するかどうかわからない。しかし『源氏物語』の情趣を愛好する読者たちは、そうであった可能性がたかいのではないだろうか。ある語から『源氏物語』のある場面がただちに想起される、そういう状況下で、『狭衣物語』や『夜半の寝覚』や『浜松中納言物語』は書かれ、そういうことが想起できる「読み手」が物語を享受していたのではないだろうか。「書き換えられた文学作品」は「ほう、こんな風に書き換えたのか」ということがわかるのがもっともおもしろいはずで、「書き換えられた文学作品」について考えるということは、文学作品の読み手、享受者について考えることでもある。そして書き換えた書き手も、これらの読み手と共通するところの多い先行作品の享受者であったと考えるのが自然だ。

駒下駄の音高くカランコロン

下駄を履く人が少なくなった現代においては、「駒下駄の音高くカランコロン」といっても、「何のことやら」と思われる方もいるかもしれないが、これは三遊亭円朝『怪談牡丹灯籠』の一節である。ここでは『怪談牡丹燈籠』をとりあげることにする。

『怪談牡丹燈籠』は旗本飯島平左衛門の娘であるお露が浪人の萩原新三郎に恋をし、焦がれ死にをしてしまう。後を追って死んだ下女お米とともに、牡丹灯籠を持って新三郎のもとに通うが、幽霊であることが露顕し、あうことを拒んだ新三郎を殺してしまうという話で、円朝はこの話に多くの脇筋を加えて複雑な話に仕立てた。

以下、『怪談牡丹燈籠』の「本文」は『円朝全集』第一巻（二〇一二年、岩波書店）に拠るが、この全集は明治十七年七月から順次刊行された全十三編の単行本（東京稗史出版社）を底本としている。東京稗史出版社から刊行された単行本全十三編は、『名著複刻全集 近代文学館』（一九六八年）として複製刊行されている。本書では、この複製を「原作」として扱うことにする。

原作の（第六編を除く）各編の表紙見返しの上段には、「筆記文体」＝速記と「訳文」とによって、「此怪談牡丹燈籠は有名なる支那の小説より翻案せし新奇の怪談にして頗る興あるのみか勧懲に裨益ある物語にて円朝子が聴衆の喝采を博せし子が得意の人情話なり」と記されている。「有名なる支那の小説」とは中国の明の瞿宗吉《くそうきつ》（一三四一～一四二七）の『剪燈新話《せんとうしんわ》』に収められた「牡丹燈記」（実際は垂胡子の『剪燈新話句解』か）のことを指す。

「牡丹燈記」は漢字二二二九字ほどからなる作品で、短編といってよい。それが、日本のさまざまな文学作品に書き換えられていくのだから、この作品には人を強く惹きつける何かがあるのだろうと思う。

「牡丹燈記」は貞享四（一六八七）年に出版された『奇異雑談集《きいぞうたんしゅう》』（六巻六冊）の巻六の冒頭に「女人、死後、男を棺の内へ引込みころす事」という題名で、翻案されて収められている。この話を含めて、『奇異雑談集』の幾つかの話は、『江戸怪談集』上（一九八九年、岩波文庫）で読むことができる。

『奇異雑談集』は出版される前、江戸時代初期頃には写本として読まれていたと考えられているが、『奇異雑談集』の出版に先立つ寛文六（一六六六）年に浅井了意の『伽婢子《おとぎぼうこ》』が出版されている。『伽婢子』は巻之三に、「牡丹燈記」を「牡丹燈籠《ぼたんのとうろう》」と題して載せるが、それを含め、『剪燈新話』中の十九篇の作品を載せている。書名の『伽婢子』はあまり聞き慣れない語であるが、この語はまさに「牡丹燈籠」の中に「かたはらに古き伽婢子あり」と使われている。これは「牡丹燈記」の「盟器婢子《めいきひし》」に対応する語と思われる。「メイキ（盟器／明器）」は死者の副葬品のこと、「ヒシ（婢子）」は婢女のことで、死者の埋葬時にともに埋められた人形のことを「盟器婢子」と呼んだのではないかと考えられている。

その後、安永五（一七七六）年に五巻五冊で出版された上田秋成の『雨月物語』中の

「吉備津の釜」の後半部分も「牡丹燈記」の影響を受けていると考えられている。享和三(一八〇三)年に出版されている山東京伝の『復讐奇談安積沼《ふくしゆうきだんあさかのぬま》』(小幡小平次死霊物語)もそうした作品と考えられているが、「牡丹燈記」すなわち『剪燈新話』を直接受けているか、あるいは先行する『雨月物語』の「吉備津の釜」などの作品の影響下にあるかは、必ずしも明らかではない。

同じことが、円朝の『怪談牡丹燈籠』にもいえ、『剪燈新話』を直接とりこんだものか、『奇異雑談集』や『伽婢子』あるいはその他の作品に影響を受けているかということについては、みかたが分かれている。『剪燈新話』に直接拠っているというみかたをとれば、『怪談牡丹燈籠』は、いわば『剪燈新話』をリライトしたといってもよい。そうでなかったとしても、『剪燈新話』のリライト版のリライト版ということになり、結局は広い意味合いでは、『剪燈新話』のリライトとみることができる。『剪燈新話』は江戸時代初めの慶長頃に古活字版が出版され、慶安頃にも再刻本が出版されており、円朝がこうしたテキストをみることはできた。『剪燈新話』は中国では早くから足本《そくほん》=完全なテキストがなくなってしまっていたので、この慶長頃の古活字版が民国時代に中国に逆輸入されている。

少し話が変わってしまうが、一九九四年六月号の雑誌『太陽』は「江戸川乱歩 怪人乱歩二十の仮面」と題した江戸川乱歩の特集号である。乱歩邸の土蔵の二階部分の写真が掲載されているが、それをみると和本の中に、『剪燈新話』が二セットあることがわかる。乱歩（一八九四〜一九六五）も怪異譚を集めた『剪燈新話』に興味をもっていた。だから円朝（一八三九〜一九〇〇）も興味をもっていたということにはならないけれども、円朝が『剪燈新話』を直接読んでいてもおかしくはないだろう。

先に各編の表紙見返しに「此怪談牡丹燈籠は有名なる支那の小説より翻案せし新奇の怪談にして頗る興あるのみか勧懲に裨益ある物語」であると記されていることを紹介したが、「本文」中にも、「ハテナ昔から幽霊と逢引するなぞといふ事はない事だが　尤も支那の小説にそういふ事があるけれども　そんな事はあるべきものではない」（四五頁上段）とあったり、「支那の小説なぞには能く狐を女房にしたの幽霊に出逢たなぞと云ふことも随分あるが斯様な事にならないやうに新幡随院の良石和尚を頼んで有り難い魔除の御守を借り受けて萩原の首へ掛けさせて置いたのに」（一〇七頁上段）など、「支那の小説」という表現がみられる。これらがすべて「ポーズ」である可能性もあるが、実際にどうであったかは措くとして、今ここでは中国の『剪燈新話』を原作として、『怪談牡丹燈籠』ができあがったと仮定しよう。そうすると、『怪談牡丹燈籠』がリライト版ということになる。

今「リライト版」という表現を使ったが、円朝も述べているように、『剪燈新話』と『怪談牡丹燈籠』との場合は、前者に基づく「翻案」といったほうがよいかもしれない。

また、長崎の唐通事（中国との貿易にあたっての通訳）であり、中国の小説の翻訳などでも知られる岡島冠山（一六七四～一七二八）が編んだ中国語学習書である『唐話《とうわ》纂要《さんよう》』（享保三＝一七一八年刊）の巻六には「孫八救人得福」（孫八人を救いて福を得る）という文章が収められている。これは中国語学習用の文章ということであろうが、「和漢奇談」と名づけられている。冒頭ちかくに「七月十三夜、盂蘭盆、家家張燈、処処作戯、若男若女、或老或少、皆得縦観、共為優遊」（七月十三夜の盂蘭盆に、家々に燈を張り、処々に戯を作す。若男若女、或いは老、或いは少、皆、縦観を得て、共に優遊を為す）というくだりがあるが、これは「牡丹燈記」の「毎歳元夕、於明州張燈五夜、傾城士女、皆得縦観」という表現及び設定を下敷きにしていると思われることが指摘されており、そうであれば、「牡丹燈記」は（部分的にではあるが）江戸時代にすでに日本人の手によって、漢文に書き換えられていたことになる。

「翻案」という語について

現在刊行されている国語辞書の中で唯一大型辞書と呼ぶことができるものが『日本国語大辞典』第二版であるが、この辞書で「ホンアン（翻案）」を調べてみると次のように説明されている。

①前人が作っておいた趣意を言いかえ作りかえること。また、事実を作りかえて言うこと。②自国の古典や外国の小説、戯曲などの大体の筋・内容を借り人情、風俗、地名、人名などに私意を加えて改作すること。

「ホンアン（翻案）」というと、明治以降に使われている語のようになんとなく感じる方がいるかと思うが、①の例として『太平記』巻七「千劔《ちは》破城《やのしろ》軍事《いくさのこと》」の「ここに、いかなる者か読みたりけん、一首の古歌を翻案して、大将の陣の前にぞ立てたりける。よそにのみ見てややみなん葛城のたかまの山の峰の楠」があげられている。『太平記』がいつ頃成ったかについては、いろいろなみかたが示されているが、おおよそ十四世紀半ばから十五世紀の頃には成っていたと考えられている。そうだとすれば、その頃にすでに「ホンアン（翻案）」という語が使われていたことになる。

右は、北条の大軍が「千劔破城」を包囲しながら、楠木正成のさまざまな戦略によって、城を陥落させることができないでいるさまを、揶揄したもので、「よそにのみ見てややみなむ葛城や高間の山の峰の白雲」（九九〇番歌。遠くから見るだけで手の届かないものなのだろうか。葛城の高間の山の峰にかかる白雲は）という『新古今和歌集』巻十一恋歌一の冒頭に収められた古歌の末尾の「白雲」を楠木正成にひっかけて「楠」と翻案している。この例は和歌を「翻案」しているが、揶揄の気分が「翻案」の「翻＝（もともとの趣旨を）ひるがえす」ということとつながるのであろうか。その点において、「本歌取り」とはまた少し異なるといえよう。対象が和歌のみではなくなり、またとりたてて「揶揄の気分」がなくて使われるようになったのが、②の「翻案」といえるだろう。

固有名詞に注目すると

先に引用した『日本国語大辞典』第二版の②には「自国の古典や外国の小説、戯曲などの大体の筋・内容を借り人情、風俗、地名、人名などに私意を加えて改作すること」とあった。「自国の古典」の翻案の場合、原作が設定していた時期とは異なる時期に舞台を移すことがあり、また「外国の小説、戯曲」の翻案の場合は、地名や人名を換えることがある。

『剪燈新話』『怪談牡丹燈籠』の登場人物名の対照をしてみよう。『伽婢子』と『奇異雑談集』ははっきりと『剪燈新話』を承けていることが、登場人物の名前からもわかる。そして『怪談牡丹燈籠』の「萩原新三郎」は『伽婢子』の「荻原新之丞」をもとにしていることもわかる。

剪燈新話	伽婢子	奇異雑談集	怪談牡丹燈籠
青年：喬生	荻原新之丞	喬正	萩原新三郎
女中：金蓮	御婢子（浅茅）	丫鬟の童女金蓮	女中お米
符麗卿	二階堂左衛門尉の息女弥子	符麗卿芳叔	飯島平左衛門の娘お露
隣の老人	翁	隣家の老翁	白翁堂勇斉
玄妙観の魏法師	東寺の卿公《きようのきみ》	玄妙観の魏法師	良石和尚

先に引用した「ハテナ昔から幽霊と逢引するなぞといふ事はない云々」から始まる箇所は、「白翁堂勇斉」という人相見をする人物の会話であるが、この人物は原作では「隣翁」すなわち「隣の老人」というだけである。

伴「そんなら先生　幽霊と一所に寝れば萩原様は死にませう
勇「それは必ず死ぬ　人は生て居る内は陽気盛んにして正しく清く　死ねば陰気盛んにして邪に穢れるものだ　夫《それ》ゆゑ幽霊と共に偕老同穴の契を結べば　縦令《たとひ》百歳の長寿を保つ命も　其為めに精血を減らし必ず死ぬるものだ
（四五頁上段）

右のくだりは、原作の「人乃至盛之純陽、鬼乃幽陰之邪穢。今子与幽陰之魅同処而不知、邪穢之物共宿而不悟、一旦真元耗尽、災眚来臨、惜乎以青春之年、而遂為黄壌之客也」（人間は陽界で精気盛んなもの、鬼＝幽霊は陰界の穢れたもの、今あなたは、陰界の魅と同じところにいて気づいていない。穢れたものと共にいることを悟っていない。一旦、精気が尽きて、災厄がやってくると、惜しいことに、若いみそらであの世に行ってしまうことになる）をほぼ日本語訳しているといえよう。

『奇異雑談集』にもこのくだりはみられる。

なんぢはすなはち、いたつてさかんなる陽氣。かれはすなはち、いたつてけがれたる陰気なり。今汝、骸骨の妖魅とおなしく座してしらず。邪気の幽霊と。おなじく臥してさとらず。なんぢ日々に、きりよく《（気力）》おとろへつき、家に時々さいなん出《（いで）》をかさん。おしゐかな、若年の身にして、にはかにめいど《（冥途）》の人とならん事、かなしまざるべけんや

『伽婢子』では次のようになっている。

をよそ人として命生きたる間は、陽分いたりて盛《さかり》に清く、死して幽霊となれば、陰気はげしくよこしまにけがるゝ也。此故に死すれば忌《いみ》ふかし。今汝は幽陰気の霊《りやう》とおなじく座してこれをしらず。穢《けがれ》てよこしまなる妖魅《ばけもの》とともに寝て悟《さとら》ず。たちまちに真精の元気を耗《へら》し尽して、性分《せいぶん》を奪はれ、わざはひ来り、病出侍らば、薬石鍼灸《やくせきしんきう》のをよぶ所にあらず。伝尸《でんし》癆瘵《ろうさい》の悪証をうけ、まだもえ出る若草の年を老いさきながく待ずして、にはかに黄泉《よみぢ》の客となり、苺《こけ》の下に埋もれなん。諒《まこと》に悲しきことならずや。

中国の明の『剪燈新話』が日本の江戸時代の『奇異雑談集』や『伽婢子』に「翻案」というかたちで書き換えられ、さらに三遊亭円朝の『怪談牡丹燈籠』につながっていくとすれば、時空を超えたリライトということになる。岡本綺堂も『中国怪奇小説集』に日本語訳を収めている。

漢文になった牡丹灯籠

漢学者、石川鴻斎（一八三三〜一九一八）が著した『夜窓鬼談《やそうきだん》』（上下二巻、全八十六話）はその上巻が明治二十二（一八八九）年に刊行されているが、「牡丹燈」と題された話が収められている。その末尾には、附記のようなかたちで、「此円朝氏所談」（これ、円朝氏の談ずる所）とあり、さらに「尚有飯島氏僕孝助忠心及伴蔵姦悪其妻横死為怪等之事。以渉枝葉略之」（なお、飯島氏の僕、孝助の忠心及び伴蔵の姦悪、その妻の横死怪を為す等の事有り。枝葉に渉るを以てこれを略す）とあって、円朝の『怪談牡丹燈籠』をもとにしてつくられていることが明らかである。円朝の『怪談牡丹燈籠』が中国の「牡丹記」に端を発しているとすれば、いったん日本語にうつし換えられた作品が再び漢文＝中国語文に書き換えられたことになりおもしろい。

『夜窓鬼談』は新日本古典文学大系明治編『漢文小説集』（二〇〇五年、岩波書店）に抜粋が収められているが、「牡丹燈」は載せられていない。どのように漢文化されているか、少しだけみてみよう。漢文を書き下したかたちで対照する。

カラコン〳〵と珍らしく駒下駄の音をさせて生垣の外を通るものがあるから不図《ふツ》と見れば　先きへ立《たツ》たのは年頃三十位の大丸髷の人柄のよい年増にて　其頃流行た縮緬細工の牡丹芍薬などの花の附いた燈籠を提げ　其後から十七八とも思はれる娘が　髪は文金の高髷に結ひ着物は秋草色染の振袖に　緋縮緬の長襦袢に繻子の帯をしどけなく結《し》め　上形風の塗柄の団扇を持て　パタリ〳〵と通る姿を月影に透し見るに　どうも

飯嶋の娘お露の様だから　（怪談牡丹燈籠）

忽《たちま》ち牆外に屐声の過ぎるを聞く。生、意《こころ》にこれを訝る。窃《ひそか》に牆隙よりこれを視れば、飯島氏の婢なり。牡丹花の繍燈を携へて、冉冉として娘子とともに来たる。生、見て、大いに喜ぶ。　（牡丹燈）

「駒下駄の音」は「屐声《しせい》」という漢語で表現されているが、この「屐声」には「ゲタノコヘ」という左振仮名が施されている。

コミック化した牡丹燈籠

『ララ』一九七七年十二月号には、魔夜峰央《まやみねお》の「牡丹灯籠」が発表されている。この作品は、花とゆめCOMICS『パタリロ！』第二巻（一九八〇年、白泉社）に収められている。「来年帝大の医学部を受験する」という「萩原信彦」と幼なじみの「露江」の話となっているが、「信彦が東京で書生としておいてもらっている医師の家の一人娘かえで」を加えた、いわゆる「三角関係」のような話に仕立て直されており、話の方向は原作とは異なっているが、これはこれでわかりやすい。

平安朝に成った文学作品を入試問題として採りあげることがある。よくよまないとわからない「人物関係」を問題にすることがあるが、登場人物が男性と女性であれば、仮に主従関係であっても、その二人は「恋愛関係」にある、と「読み解く」受験生がいる。その前提ですべての読み解きをしてしまうので、当然誤読をすることになる。ある時、高等学校の教員になっている教え子とこの話になった。すると、高校生には、自分がわかっていると「ストーリー」に「落とし込んで」理解をする傾向があるということだった。こういうと、それは古文がわからないからではないかと思われる方もいるだろうが、これは自身が熟知していないことがら、つまりそのことがらについての情報をあまりもっていない場合にする、「推測」の一つの型なのではないかと思う。自分がもっている情報を駆使して、熟知していないことがらに対処するとなると、かなりの「飛躍」を含んでいたとしても、なんらかの「ストーリー」をつくってみるしかない。これはいわば「仮説」ということになる。

文学作品を書き換えるといった場合に、創作的に書き換える場合もある。それは原作に刺激された、インスパイアされた、ということだろうが、「刺激」とは、与えられた「ストーリー」が、自身のもっている情報に働きかけて、働きかけられた情報が動き出して、原作の「ストーリー」とは別の方向に動き出し、異なる「ストーリー」としてかたちを成すということではないだろうか。また、書き換えられたリメイク版を観察することによって、原作がもっていた情報が鮮明になることもあり、「書き換え」は人間の言語運用能力について、いろいろなことを示唆していると思う。

さて、コミックの話に戻ろう。一九八九年八月の『メヌエット』第三号に掲載された波《は》津《つ》彬子《あきこ》『牡丹灯籠』は『怪談牡丹燈籠』をコミックにリメイクしたものだ。時代設定を明治時代にうつしているが、円朝の『怪談牡丹燈籠』を読んで、このコミックを読むと、ほぼ同じストーリーになっていると感じる。ただし後に述べるように大きな書き換えもある。コミックは絵が主で、言語による説明等はいわば従であるが、少し対照してみよう。読みやすくするために句読点を加えるなどしたかたちで示すことにする。

お前さんの因縁は深しい訳のある因縁じゃが、それをいうても本当にはすまいが、なにしろ口惜しくて祟る幽霊ではなく、ただ恋しい恋しいと思う幽霊で、三世も四世も前から、ある女がお前を思うて生きかわり死にかわり、容《(かたち)》は種々に変えて付纏うているゆえ、遁れ難い悪因縁があり、どうしても遁れられないが、死霊除《よけ》のために海音如来という大事の守りを貸してやる。

（原作）

――それに　おまえ様には死相が出ておられる　それが気になっての……
そうでしたか……それはただただおまえ様が恋しくて現われる哀れな霊じゃ
何もおまえ様が憎いわけではない
しかしこのままでは　その死霊のせいで　お命が危ないのも本当ですよ
かわいそうだが断ち切りなさい
できるだけ力を貸しましょう
この護符をあげるから家の入口という入り口に一枚づつ貼っておきなさい
どんな入口にも忘れず貼るのですよ
そしてこの海音如来の像をしっかりと身につけて
夜になったら　この経文を唱えていなさい

（リメイク版）

円朝の『怪談牡丹燈籠』においては、萩原新三郎は、お露が幽霊だとわかると、白翁堂勇斉に「どうかして死なないように願います」と頼む。新三郎は、「死霊除のために海音如来」という守りを良石和尚から借り、それを身につけ、御札を「ほうぼうへ貼って」「幽霊の入り所のないようにして」雨《う》宝陀《ほうだ》羅《ら》尼経《にきよう》というお経を唱えることになる。海音如来の守りは金無垢であったために、伴蔵に盗まれ、「同じような重さの瓦の不動様」とすりかえられる。そのために、伴蔵がお札を剝がすと、お露が家に入ることができ、とり殺されるということになる。

コミックでは、海音如来の守りは『怪談牡丹燈籠』と同じように、すりかえられてはいるが、すりかえられているとは知らずに、新三郎が自らの意志で守りを外に投げ捨てて露を迎え入れるようにストーリーが書き換えられている。この書き換えによって、コミック版「牡丹灯籠」はラブストーリーとして生まれ変わったといってもよいだろう。

露の「ひどいかた……あれほど約束して下さったのに……」ということばに新三郎は「本当に……」と答え、「許して下さい　約束を果たしましょう　もう二度と離れません」と言う。なかなかいいリメイクではないか。しかし、この「下地」はすでに『伽婢子』にあったともいえる。『伽婢子』の荻原新之丞は女の正体を知って、お符《ふ》を門に貼り、そのことによって「女二たび来らず」となる。しかしその「五十日ばかり後」に卿公にお礼を言いに行った新之丞は「酒にえひて」「さすがに女の面影恋しく」なったのか、女のいた万寿寺の門前ちかくに行って結局は女と会って、とり殺されることになる。この「女の面影恋しく」の延長線上に、コミックの「約束を果たしましょう」があるといったらいいすぎだろうか。波津彬子が実際に『伽婢子』を読んでいたかどうかはわからないが、コミックの「あとがき」に「浅井了意」の名前はみられる。

リメイク版では「護符」という語になっているが、『剪燈新話』では、法師が「朱符」＝朱で書いた護符を授けることになっている（法師以朱符二道授之）。円朝の『怪談牡丹燈籠』では単に「札」である。しかし、上田秋成『雨月物語』の「吉備津の釜」では、「猶朱符あまた紙にしるして与へ、「此呪を戸毎に貼て神仏を念ずべし。あやまちして身を亡ぶることなかれ」と教ふるに、恐れかつよろこびて家にかへり、朱符を門に貼、窓に貼て、おもき物斎にこもりける」とあって、ここでは「朱符」という語が「原作」どおりに使われている。このような細部に注目することもおもしろい。作品間の「つながり」が細部に保存されていることがある。

唐十郎『青春牡丹燈籠』

『小説すばる』の一九九三年一月号から四月号まで唐十郎の「青春牡丹燈籠」が連載され、それが『青春牡丹燈籠』（一九九三年、集英社）として出版されている。この本の末尾には〈作者から〉と題した文章が載せられている。そこには次のようにある。

数ある怪談の中で、もっとも愛《いと》しき幽霊は、「牡丹燈籠」のお露であります。
カランコロンの下駄の音とともに登場する姿は、おぞましさをかなぐりすてて、な

んと涼しげに、可憐にみえるのでしょうか。（中略）

さて、「青春牡丹燈籠」を書くに当って、この夏の夜の夢を主軸に置きながら、歌舞伎台本を調べてみましたが、どこにもお露と新三郎の出会いと、恋の経過は書かれてなく、お露が恋狂いで病んでいることは分りますが、一夏後にはもう死んでおります。そこで、筆者は、書かれていない所をふくらましてみました。ここでは、ちょっと悪くて、世をすねる浪人新三郎と親友の考古学徒泥星、また岩音《ロック》三味線の弾き手風馬に、枕絵師春亭などのグループが現われ、「時計じかけのオレンジ」風に遊び呆けております。

さすが、唐十郎。新三郎とお露との「出会いと、恋の経過」が歌舞伎台本にないことをすぐに見ぬいているが、これは円朝『怪談牡丹燈籠』にも描かれていない。お露は新三郎を遠くから見て「あんな綺麗な殿御がここへ来たのかと思うと、カッと逆上《のぼせ》て耳朶が火の如くカッと真紅になり」、萩原の顔を見るために「出たり引込んだり引込んだり出たり、もじもじ」する。新三郎も「お嬢様の艶容《やさすがた》に見惚《みほ》れ、魂も天外に飛ぶばかり」になり、二人は手を握る。その日の帰る時にはお嬢様は新三郎に「あなたまた来て下さらなければ私は死んでしまいますよ」と言うのだから、こんなことがあるのだろうかというような「一目惚れ」ぶりである。こんなテレビドラマがあったら、話が急展開すぎるとか、リアルさに欠けるとか批判されそうだ。

しかし、これは「牡丹燈記」においてすでにそうだったといってもよい。「牡丹燈記」では始まって四〇〇字の間で喬と麗卿とは「歓愛」を極めるようになる。そこにもとりたての「出会い」や「恋の経過」は描かれていない。「牡丹燈記」は男女の「出会いと、恋の経過」を描こうとしていたのではなく、出会ってからの男女を描こうとしていたと思われる。そしてそれは「牡丹燈記」を起点とする物語に受け継がれている。

円朝の『怪談牡丹燈籠』は傑作として名高いが、二つの筋をもつ。一つの筋は、旗本飯島平左衛門と孝助、平左衛門の愛妾お国とその不義の相手である宮野辺源次郎との話、もう一つの筋は、飯島の娘のお露と萩原新三郎との話で、全体の三分の二ぐらいまでは、この二つの筋が交互《テレコ》に語られていく。つまり「牡丹燈記」は『怪談牡丹燈籠』の半分でしかない。二つの筋を綯《な》い交《ま》ぜに展開させることは歌舞伎の常套といってよい。『怪談牡丹燈籠』が歌舞伎化されたというのが物事の順番であろうが、そもそも『怪談牡丹燈籠』は歌舞伎的な「結構」をしていたことになる。

カラコン／カランコロン

「牡丹燈記」には「双頭牡丹燈」はでてくるが、下駄の音の描写はない。『奇異雑談集』にも『伽婢子』にも下駄の音の描写はない。『怪談牡丹燈籠』では、新三郎が山本志丈からお露が新三郎を思って「焦《こが》れ死《じ》に」をしたということを聞かされ、新三郎自身も、「お嬢は全くおれに惚れ込んでおれを思って死んだのか」と思い、「気が鬱々して病気が重くなり」「毎日毎日念仏三昧で暮し」ている時に、「カラコンカラコンと珍しく駒下駄の音をさせて生垣の外を通るものが」あり、それがお露だったという場面に下駄の音が効果的に描写されている。

そして、お露が幽霊だと分かって後、新三郎のところを尋ねてくる描写が「その内上野の夜の八ツの鐘がボーンと忍ヶ岡の池に響き、向ヶ岡の清水の流れる音がそよそよと聞え、山に当る秋風の音ばかりで、陰々寂寞世間がしんとすると、いつもに異らず根津の清水の下から駒下駄の音高くカランコロンカランコロンとするから、新三郎は心のうちで、ソラ来たと小さくかたまり、額から腮へかけて膏汗を流し」ていると「駒下駄の音が生垣の元でぱったり止みました」である。牡丹の灯籠とこの駒下駄の音がいわばセットになってているが、視覚的な牡丹の灯籠に聴覚的な駒下駄の音を表現として組み入れたところが、円朝の「真骨頂」だったのではないだろうか。

延広真治は「カラコンカラコン」は新三郎が、お露主従が生きていると思っている時の音、後者「カランコロンカランコロン」は幽霊だと知ったうえでの音であることを指摘する。

小泉八雲は、『怪談牡丹燈籠』をリメイクして、「A Passional Karma」（宿世の恋）という作品を書いている。作品冒頭には東京で菊五郎一座の「牡丹燈籠」をみたことが書かれている。

明治二十五年七月十四日に東京歌舞伎座で五代目尾上菊五郎一座によって初演された『怪異談牡丹燈籠《かいだんぼたんどうろう》』（福地桜痴補綴、三世河竹新七脚色）は円朝の『怪談牡丹燈籠』を脚色したものであるので、これもリメイクといってよい。ちなみにいえば、岡本綺堂は『剪燈新話』の「牡丹燈記」によって、同名の戯曲を書き、寿美蔵（三代目寿海）、五代目福助、六代目友右衛門、八百蔵（八代目中車）などによって本郷座で上演されている。これはほぼ「牡丹燈記」によっている。小泉八雲は円朝の『怪談牡丹燈籠』をリメイクした歌舞伎をみて、自身もリメイクを試みたことになる。

さて、「カラコンカラコン」のくだりは、

But all at once this stillness was broken by a sound of women's geta approaching—kara-kon, kara-kon;—and the sound drew nearer and nearer, quickly, till it reached the live-hedge surrounding the garden.

と描写され、「カランコロンカランコロン」のくだりは、

It ceased; and Shinzaburo suddenly heard the sound of geta approaching from the old direction—but this time more slowly: karan-koron, karan-koron!

と描写されている。後者には「this time」とあって、延広真治が指摘するように、小泉八雲は「カラコン」と「カランコロン」との音の違いを明白に認識しているといえよう。

　ちなみにいえば、一九九四年九月十六日にフジテレビで放映された『怪談牡丹燈籠』では、田原俊

図1　『霊の日本』挿絵（日文研データベース外像）

彦が新三郎、水野真紀がお露を演じているが、この作品は円朝の『怪談牡丹灯籠』と小泉八雲の「宿世の恋」とを併せて作られている。

コミックにも「カランコロン」という下駄の音はかきこまれているし、唐十郎は『青春牡丹燈籠』の「あとがき」に「「カラン、コロン」の下駄の音は、水木しげるさんよりも好きなくらいだ」と書いている。「ゲタ（下駄）」が書名に含まれている永井荷風『日和下駄』には「此頃私が日和下駄をカラ〳〵鳴して再び市中の散歩を試み初めたのは、無論江戸軽文学の感化である事を拒まない」（八頁）とあって、ここでは下駄の音は「カラカラ」と表現されている。

文学作品が場合によっては、時空を超えて書き換えられるのは、書き換えたい、と思う新たな「書き手」が出現するためであるはずで、魅力のある作品だからこそ書き換えられるのだろう。それは当今しばしば耳にする「パクリ」などということとは無縁のものであるし、そうしたものと同列にみることはできない。

次章では明治期の「翻案」を採りあげる。欧米の文学作品を書き換えて日本に紹介したいという「気持ち」が数多くの明治期の翻案小説を支えていたと思われる。

第二章　翻案というリライト——明治の翻案小説と幽霊塔の歴史

「吁《あ》、宮《みい》さん恁《かう》して二人《ふたり》が一処に居るのも今夜限《こんやぎり》だ。お前《まへ》が僕の介抱《かいはう》をしてくれるのも今夜限《こんやぎり》、僕がお前《まへ》に物を言ふのも今夜限《こんやぎり》だよ。一月の十七日、宮さん、善《よ》く覚えてお置き。来年の今月今夜は、貫一は何処《どこ》で此月を見るのだか！再来年《さらいねん》の今月今夜……十年後《のち》の今月今夜……一生《いつしやう》を通《とほ》して僕は今月今夜を忘れん、忘れるものか、死でも僕は忘れんよ！可《い》いか、宮《みい》さん、一月の十七日だ。来年の今月今夜になつたらば、僕の涙《なみだ》で必《かなら》ず月は曇《くも》らして見せるから、月が……月が……月が……曇《くも》つたらば、宮《みい》さん、貫一は何処《どこ》かでお前《まへ》を恨《うら》んで、今夜のやうに泣いて居ると思つてくれ。」

右は、尾崎紅葉『金色夜叉』前編の一場面である。今どれだけの人が『金色夜叉』のこ

図2　『金色夜叉』前編口絵

のくだりを知っているだろうか。図は前編に添えられている口絵であるが、竹内桂舟による。国道一三五号（熱海サンビーチ）には館野弘青作のブロンズ像が置かれているが、この口絵にちかい。

この尾崎紅葉『金色夜叉』がペンネームBertha M. Clayというイギリス人女性（本名はCharlotte Mary Brame, 一八三六〜一八八四）の『*Weaker Than a Woman*』（邦題『女より弱き者』）を下敷きにしたものであることが、二〇〇〇年七月に堀啓子によって指摘された。このことは『読売新聞』『朝日新聞』『毎日新聞』『日経新聞』などでも採りあげられたので、あるいはご記憶のかたもいらっしゃるかもしれない。二〇〇二年には『*Weaker Than a Woman*』の堀啓子による日本語訳『女より弱き者』（南雲堂フェニックス）も出版されている。この本の帯には「尾崎紅葉の『金色夜叉』の種本を本書の訳者が発見！」と記されている。ここでは「種本」という表現がとられているが、これは「翻案」といってよいだろう。明治期には外国小説を下敷きにした翻案が少なくなかった。

『女より弱き者』において、お宮にあたるヒロインはヴァイオレット、貫一は弁護士フィリックス、富山は大富豪の准男爵オーウェン卿である。ヴァイオレットは、フィリックスから離れ、大富豪オーウェン卿との結婚を選ぶ。冒頭に引用した場面と対応するであろう場面は第二十三章にある。堀啓子による日本語訳を少しあげてみよう。

「きみは罪を犯したね、ヴァイオレット。ああ、なんということだ。きみは僕を裏切ったのだ。今日、書いてよこしたことは、本気だったのだ」

彼の絶望はあまりにも静かなものであったので、ヴァイオレットには彼の調子がほとんど無関心のようにも思われ、そのことが彼女を勇気づけた。もし彼が深い苦悩の片鱗でも示せば、彼女は怯えたかもしれなかった。

「しかたがなかったのよ」と彼女は答えた。「怒らないで、フィリックス。言い訳にもならないことはわかっているけれど、本当のことなの。しかたがなかったわ。いっしょに、うら寂しい生活を始めるなんて無駄なことだったのよ。いつかは、終わりにしなければならなかった」

そしてヴァイオレットはフィリックスの「僕と約束を交わしたきみ以外の誰も、僕は求めない。きみに申し出た生活のどこが気に入らなかったのだ?」という問いに対して次のようにいいはなつ。

「すべてよ——あなたと一緒にいるのが好きだという以外の。私は貧しさも、名もないことも、階級や地位がないことも嫌いなの。私は、あなたが常々思ってきたような高潔な人間ではないの。私はお金とぜいたくが好きだし、豪華なものを愛するの。あなたが与えてくれるような小さな家では私はけっして満足しないの。あそこでは私の人生を満たすには充分ではないの。あの場に立ったとき、私はそれを感じたわ。あそこで長い年月どうやって生きればいいのか自問した。私はきっとみじめになるし、あなたもみじめになるのよ」

（二一三—二一四頁）

堀啓子はこの箇所に注をつけて、「『金色夜叉』執筆前に、紅葉はそのヒントを得た洋書の感想を「西洋人では猶更《なおさら》、財産に目が眩むんだね」と友人に語ったとされている。このあたりのヴァイオレットの強い口調に、紅葉がよほど大きな印象を与えられたことを意味する可能性が高い」と述べている。

堀啓子は、尾崎紅葉の『不言不語《いはずかたらず》』がやはり、Bertha M. Clay の『*Between Two Sins*』（邦題「二つの罪の間」）を「下敷き」にしていることも指摘しているが、これは尾崎紅葉に限ったことではない。

人肉質入裁判

「人肉質入裁判」にぎょっとした方もいるだろうが、「ははあん。あれだな」と思った方もいらっしゃるだろう。『西洋珍説人肉質入裁判《にんにくしちいれさいばん》』は明治十六（一八八三）年に今古堂を発兌《はつだ》元として出版されている。表紙には「英国　西基斯比耶著／日本　井上勤訳」と印刷されている。「西基斯比耶」は改めていうまでもないが、シェイクスピアのことで、この『人肉質入裁判』は『ヴェニスの商人（*The Merchant of Venice*）』を（チャールズ＋メアリー）ラムの『シェイクスピア物語（*Tales from Shakespeare*）』から訳したものである。明治十九年には鶴鳴堂を発兌元として、「本文」は同じで印刷が異なる『西洋珍説人肉質入裁判』が出版されている。

明治十七年には坪内逍遥による『ジュリアス・シーザー（*The Tragedy of Julius Caesar*）』の全訳、『自由太刀《じゅうのたち》余波鋭鋒《なごりのきれあじ》』が、翌十八年には宇田川文海の『何桜彼桜銭世中《さくらどきぜにのよのなか》』が、さらに十九年には河島敬蔵による『ロミオとジュリエット』の全訳、『春情浮世之夢《しゅんじょううきよのゆめ》』が、二十年には木下新三郎による『ロミオとジュリエット』の抄訳、『西洋娘節用《せいようむすめせつよう》』が出版されるなど、シェイクスピア作品の翻訳、抄訳が陸続と出版されていた。

『何桜彼桜銭世中』には「趣向《こゝろ》は沙士比阿《セキスピア》の肉《にく》一斤《きん》／文章《すがた》は柳亭種彦《たねひこ》の正本製《しやうほんしたて》」という角書きが付けられている。柳亭種彦の『正本製《しょうほんじたて》』は文化十二（一八一五）年から天保二（一八三一）年にかけて出版された、全十二編の合巻《ごうかん》であるが、「正本」は歌舞伎の脚本のことで、歌舞伎の脚本風に仕立てたというほどの意味合いである。「発端」における登場人物の「和田」と「中村」との会話の中にも「正本製は種彦の生涯の名作で田舎源氏浅間嶽なぞと共に屈指の小説」という表現がみられる。「田舎源氏」は、やはり柳亭種彦の合巻、『修紫田舎源氏《にせむらさきいなかげんじ》』、「浅間嶽」は『浅間嶽面影草紙《あさまがたけおもかげそうし》』のことを指すと思われる。

さて、『人肉質入裁判』の冒頭は次のようになっている。漢字には振仮名が施されているが、ごく少数を残し多くを省いた。

話説す伊太利亜《いたりや》国の「ベニス」といへる所に其名を「サイロク」と呼《よべ》る高利の金貸あ

り元猶太人《ゆでやじん》にて近来《ちかごろ》此地に移り住《すめ》る者なるが其性残忍酷薄にして貸たる金を促《はた》ること最とも厳しく常に不当の利子を貪ぼり毫《すこし》も慈悲心なきものから人として之《これ》を悪《にく》まざるなく人として之《これ》を嫌はざるなく皆な心に爪弾きして倶《とも》に共に歯《よはひ》するを快よしとなさゞるも彼「サイロク」の金力あるを以て余義なく服従なす有様なり

Charles & Mary Lamb の『*Tales from Shakespeare*』に収められた「The Merchant of Venice」の冒頭は次のようになっている。『シェイクスピア物語』（二〇〇五年第六刷、講談社インターナショナル）を使用した。

Shylock, the jew, lived at Venice: he was an usurer, who had amassed an immense fortune by lending money at great interest to Chiristian merchants. Shylock, being a hard-hearted man, exacted the payment of the money he lent with such severity that he was much disliked by all good men [...]

安藤貞雄訳『シェイクスピア物語』上（二〇〇八年、岩波文庫）はこの箇所を次のように翻訳している。この箇所でいえば、『人肉質入裁判』は「原作」にちかい「翻訳」をしているといえるだろう。ただし、「Chiristian merchants」にあたる語はみられない。

ユダヤ人のシャイロックは、ベニスに住んでいました。シャイロックは、高利貸で、キリスト教徒の商人たちに高い利息で金を貸して、巨万の富をためこんでいました。シャイロックは、冷酷な男で、借金をびしびし取り立てたので、すべての善良な市民からきらわれていました。

「原作」で使われている「hard-hearted」という形容詞を明治六年に刊行された『英和字彙』という英和辞書で調べてみると、「残忍（ザンニン）ナル、不仁（フジン）ナル」とあって、『人肉質入裁判』の「残忍酷薄」はこの語を訳したものと思われる。

「翻訳」は「ある言語の表現を別の言語に移すこと」で英語「translation」は「言い換え、置き換え、移し換え」などと訳される。「言い換え」は「書きことば」としていえば「書き換え」ということになる。したがって、「書き換えられた文学作品」という本書のテーマの中には（というよりは中核には）「翻訳」がある、といってもよいが、本書においては、日本語という一つの言語内における「書き換え」を扱っているので、できるだけ、その範囲内で話を進めていくことにしたい。

「原作」で使われているある語をどのような日本語に置き換えるか、ということは「翻訳」ということがらであるが、日本語側にそれを引きつけて考えれば、「置き換え」をしようとしている時期に使っている日本語のリスト＝日本語語彙の中から、置き換えに使う語を選ばなければならない。そうすると、どのような語が使われているかを注視することによって、その時期の日本語についての「情報」が得られることもある。

例えば『集英社 国語辞典』第三版（二〇一二年）は「コクハク（酷薄）」に「文章語」のマークを附している。そうした「判断」は、すべての人に共通しているとは限らないが、筆者の「感覚」としても、漢語「コクハク（酷薄）」は「話しことば」ではほとんど使われないだろうと思う。翻訳として出版されるものは、「書きことば」として出版されるのだから、「文章語」を使っていけないことはない。しかしその時に「多くの人にわかりやすく」という要請があれば、「話しことば」でも使われる語を中心に「書きことば」を組み立てようという「判断」が生じるかもしれない。これは「文」が「言」側に歩み寄るということだ。つまり「言文一致」ということでもある。「言文一致」というと、明治期に限定された「運動」のようにとらえられているかもしれないが、右に記したような「判断」は言語使用者につねに働きかけているといってもよい。

現代は「わかりやすい」ということが（筆者などには）過剰に追求されているように思

われることもしばしばあり、それは見えないところで、「二十一世紀における言文一致」を加速させているように思われる。「文」が「言」にどんどん歩み寄っていけば、「文」は必然的に弱体化していく。さまざまな「制限」の中で、書き手が伝えようとしている「情報」を過不足なく読み手に伝えるためには、「文」を支える語が必要であることはいうまでもないが、そうした「文を支える語」が「話しことば」で使われる語に置き換わっていくことによって、「文」が成り立ちにくくなっていくのではないかと、危惧する。

Shylockとサイロク

さて、話を戻そう。『人肉質入裁判』では「Shylock」を「サイロク」と訳していた。改めていうまでもないが、「Shylock」は登場人物の名であるので、固有名詞である。現在であれば、岩波文庫のように「シャイロック」と訳すのが自然であろう。「サイロク」には漢字があてられていないが、例えば「才六」というような日本名をも想起させる点では、巧みな訳といえよう。ただし「Antonio」は「アントニヲ」、アントニオの友人の「Bassanio」は「バッサニヲ」、「Portia」は「ホルチヤ」、ポーシャの侍女「Nerissa」は「ネリッサ」であるので、すべての人名がそのようになっているわけではない。

先に『ロミオとジュリエット』の抄訳『西洋娘節用』にふれたが、この作品では、地名や人名が漢字で書かれている。次にあげてみよう。振仮名は漢字列の後ろに丸括弧に入れて示した。

『ロミオとジュリエット』		『西洋娘節用』
Verona（地名）	ベロナ	部侶那（べろな）
Capulet	キャピュレット	可布烈（かぷれつと）
Montague	モンタギュー	紋多具（もんたぐ）
Romeo（人名）	ロミオ	籠女男（ろふめお）
Benvolio（人名）	ベンヴォーリオ	辨暴理男（べんぼりお）
Mercutio（人名）	マキューショ	魔活処（まかつしよ）
Tybalt（人名）	ティボルト	大暴奴（だいぼると）
Juliet（人名）	ジュリエット	濡鷗越都（じゆりゑつと）
Laurence（人名）	ローレンス	老錬斯（らうれんそ）
Paris（人名）	パリス	巴里（ぱりす）

ロミオの友人のマキューショはキャピュレット夫人の甥であるティボルトに殺されてし

まう。ロミオはそのティボルトを殺したために、ヴェローナの大公エスカラスに追放される。そのティボルトに「大暴奴」という漢字列があてられている。あるいはジュリエットには「濡鸝越都」という漢字列があてられている。「鸝」はウグイスである。固有名詞にあてられている漢字すべての字義が「いきている」わけではないと考えるが、ところどころで漢字字義がいかされていると推測する。

このような漢字使用を「おもしろい」と思う方もいるだろう。「おもしろい」と思うか、「そうでもない」と思うか、には個人差があることが推測されるので、そういうことをいいたいのではない。そうではなくて、右のような漢字使用をみると、「漢字を使う以上、(すべてではないにしても)漢字字義をいかす」のが自然な漢字使用ということだろうということだ。

幽霊塔へようこそ

三鷹の森ジブリ美術館では二〇一五年五月三十日から「幽霊塔へようこそ展――通俗文化の王道」と題した企画展示を行なっている。その展示の案内文には次のようにある。

今回の展示では、江戸川乱歩の長編小説『幽霊塔』をとりあげます。

この小説は、英国の作家A・M・ウィリアムスンが1898年に発表した小説『灰色の女』を翌年1899年に黒岩涙香が翻案し新聞連載小説『幽霊塔』として発表、その38年後の昭和12年（1937年）に、江戸川乱歩が乱歩流の変化を加え書き改めたものです。

宮崎駿監督は中学生の時にこの小説を読み、主人公たちの織りなすロマンスや、お話の重要な舞台である時計塔の歯車やその機構に憧れ、深く記憶に刻まれたそうです。長じてアニメーション作品を作るようになり、劇場長編作品として初監督した映画「ルパン三世　カリオストロの城」（'79）では、自分なりに考えた時計塔やロマンスを盛り込んで作品を作ったと話します。

今展示の企画・構成は宮崎駿監督。あらためて『幽霊塔』を60年ぶりに読み直して、この小説は通俗文化の王道をゆくものであると思い至りました。展示では、その理由を自身の描き下ろし漫画にて解説します。さらに、館内中央ホールには、宮崎監督デザインによる大きな「時計塔」が出現します。その中の螺旋階段を昇り展示室へ向うと、宝物が隠された地下迷宮を思わせる迷路が子どもたちを待ち受けています。迷路を抜けると、映画「ルパン三世　カリオストロの城」のジオラマが登場し、その舞台の構造についても紹介します。

二〇一五年六月には、この企画展にあわせるようにして、宮崎駿の口絵を添えた、江戸川乱歩の『幽霊塔』が岩波書店から出版されている。

先にあげた案内文でわかるように、まずアリス・ミュリエル・ウィリアムスン（A. M. Williamson, 一八六九〜一九三三）の『*A Woman in Grey*』（『灰色の女』）という作品があった。それを「原作」として黒岩涙香の『幽霊塔』が『萬朝報』に、明治三十二（一八九九）年八月九日から翌三十三年の三月九日まで新聞小説として連載された。

乱歩は『探偵小説四十年』（一九六一年、桃源社）の「涙香心酔」のくだりにおいて次のように述べている。

中学一年の夏休み、母方の祖母が熱海温泉へ保養に行っていて、私を誘ってくれたので、私は父方の祖母といっしょに、生れて初めての長い旅をして、熱海へ出かけて行った。丹那トンネルの開通したのはズッと後のことだから、小田原あたりから先は、まだ軽便鉄道の時代で、煙突だけが馬鹿にデッカク飛び出した、おもちゃのような機関車が物珍らしかった。（中略）ある雨の日の退屈まぎれに、熱海にも数軒あった貸本屋の一軒から、菊判三冊本の「幽霊塔」を借り出して来て読みはじめたが、その怖さと面白さに憑かれたようになってしまって、雨がはれても海へ行くどころではなく、部屋に寝ころんだまま二日間、食事の時間も惜しんで読みふけった。

「中学一年の夏休み」とあるので、明治四十（一九〇七）年頃であろうか。

そして、乱歩は、涙香の『幽霊塔』をリライトして、『講談倶楽部』昭和十二年三月号（二七巻三号）から翌十三年四月号（二八巻五号）まで連載する。なお、桃源社版の『江戸川乱歩全集』第十三巻（一九六二年）の巻末に置かれた「自註自解」においては「「講談倶楽部」昭和十二年一月号より翌十三年四月号まで連載」と記されているが、『江戸川乱歩リファレンスブック2　江戸川乱歩執筆年譜』（名張市立図書館、一九九八年）によれば、右のとおりなので、あるいは乱歩の記憶違いか。『幽霊塔』（二〇一五年、岩波書店）は「自注自解」をそのまま二九八頁に附載している。細かいことのようであるが、遡った確認を怠ると、誤った「情報」が継承されてしまう。

『幽霊塔』の歴史

乱歩は黒岩涙香の『幽霊塔』のリライトにあたって、涙香の息である黒岩日出雄に「諒解を求め、謝礼をした上で執筆したものである」と記している。さらには、「この「幽霊塔」の原作はどうもよくわからない。涙香本の序文には The Phantom Tower, by Mrs. Bendison（アメリカ作家）と明記してあるけれどもアメリカの探偵小説史、通俗小説史などにはベンディスンという作者はどこにも出ていない。これほど面白い小説がダイム・ノヴェル研究家の記録にも残っていないのは、まことに不思議というほかはない。したがって、私は原作を読まないまま、涙香の翻訳のみにもとづいて、これをわたし流に書き変えたにすぎないのだが、最後の人間改造術のところは、第七巻「猟奇の果」についてもしるした通り、涙香の本では何か神秘的な霊術のように書かれているのを、私はもっと科学的な整形外科手術に書き変えている」と記されており、興味深い。

よくわからなかった「原作」がウィリアムスンの『*A Woman in Grey*』であることがはっきりとするまでには、複数の人の「発見」が重なっていて、それ自体が「謎解き小説」のようであるが、この作品が中島賢二によって『灰色の女』（二〇〇八年、論創社）として出版されており、今では翻訳で『幽霊塔』の原作を読むことができる。「訳者あとがき」には『幽霊塔』の原作がつきとめられるまでのいきさつが記されている。

その「訳者あとがき」には、ウィリアム・ウィルキー・コリンズ（William Wilkie Collins, 一八二四〜一八八九）の『白衣の女』（一八六〇年発表）を「意識して、または参考にしてこの作品（引用者補：『灰色の女』のこと）を書いたことは間違いないと思われる」

（四四九頁）とある。ウィルキー・コリンズはヴィクトリア朝の推理小説作家で、『白衣の女』は岩波文庫にも収められている。そうであれば、「『幽霊塔』の歴史」は『白衣の女』から始まることになる。

さらに乱歩は自身の『幽霊塔』を少年少女向けにリライトして『時計塔の秘密』（一九七三年、ポプラ社）として刊行している。

コリンズ『白衣の女』→ウィリアムスン『灰色の女』→黒岩涙香『幽霊塔』→
江戸川乱歩『幽霊塔』→江戸川乱歩『時計塔の秘密』

『幽霊塔』（岩波書店）に添えられた宮崎駿の口絵は「口絵」というよりも、『幽霊塔』をめぐる「絵解き」のような趣がある。末尾には「通俗文化の王道」と題された一頁があって、そこには「みたまえ幽霊塔は十九世紀からつづいているのだ」「十九世紀にはまだ人間はつよく正しくあれると信じられていた」「二十世紀は人間の弱さをあばき出す時代だった　二十一世紀はもうみんな病気だ」「ワシは子供の時に乱歩本で種をまかれた」「妄想はふくらんで画工になってからカリオストロの城をつくったんだ」「七〇才をすぎてはじめて灰色の女をよんでおどろいた　自分が知らずに原作の方へもどろうとしていたとわかったのさ」「わしらは大きな流れの中にいるんだ」「その流れは大洪水の中でもとぎれずに流れているのだ」「ほらあそこでホフマンが小さなマリーにクルミわり人形のおはなしをしているだろう　ほんのちょっと昔のことなんだよ」と記されている。

「ホフマン」はエルンスト・テオドール・アマデウス・ホフマン（Ernst Theodor Amadeus Hoffmann, 一七七六〜一八二二）で、ケーニヒスベルク大学法科を卒業し、一八〇四年には南プロイセン政庁参事官としてワルシャワに行くが、二年後にはナポレオン軍のワルシャワ侵攻によって失職、バンベルク劇場の支配人輔佐となって、作曲家として活躍する一方で、作家活動を展開し、後期ロマン派を代表する作家となる。バレエ『くるみ割り人形』はホフマンの童話『くるみ割り人形とねずみの王様』をデュマが翻案した『はしばみ物語』に基づいており、同じくバレエの『コッペリア』はホフマンの『砂男』が原作であるし、ヒンデミットの『カルディヤック』はホフマンの「スキュデリ嬢」をオペラ化したものである。

森鷗外はこの「スキュデリ嬢（Das Fräulein von Scuderi）」を「玉を懐いて罪あり」という題で翻訳し、明治二十二年三月五日から七月二十一日まで『読売新聞』に発表した。後にこの「玉を懐いて罪あり」は『水沫《みなわ》集』（一八九二年、春陽堂）に収められる。明治三十九（一九〇六）年五月に出版された訂正再版『水沫集』の冒頭には「改訂水沫集序」と題した文章が加えられているが、そこでは『水沫集』に収められた作品についての簡単な解説が行なわれている。「玉を懐いて罪あり」については「Edgar Poe（エドガアポオ）を読む人は更にHoffmann（ホフマン）に遡らざるべからず。此篇の如き、やや我嗜好に遠きものなるを、当時強ひて日刊新聞に訳載せしは、世の探偵小説を好む人々に、せめては此種の趣味を知らしめんとおもひしなり」と記されており、鷗外の目にはポーの向こう側にホフマンが見えていたことがわかる。ホフマンの「スキュデリ嬢」は光文社古典新訳文庫、大島かおり訳『黄金の壺／マドモワゼル・ド・スキュデリ』（二〇〇九年）で読むことができる。

本書は文学作品の書き換えをテーマにしている。それは「書き換え」ということが言語上、どのように実現しているかということを観察してみよう、ということだ。しかしその根本には「書き換えを促す力」のようなものが働きかけているのであって、そのことにも留意しておきたい。それは宮崎駿いうところの「わしらは大きな流れの中にいるんだ」「その流れは大洪水の中でもとぎれずに流れているのだ」ということでもあり、「文学作品の連鎖」といってもよいかもしれない。

書き換えられた『灰色の女』

ウィリアムスン『灰色の女』、黒岩涙香の『幽霊塔』（黒岩版）と江戸川乱歩の『幽霊塔』（乱歩版）及び『時計塔の秘密』（乱歩リライト版）を具体的に少し比べてみることにしよう。冒頭近くのくだりを採りあげてみることにする。黒岩涙香『幽霊塔』として、日本小説文庫版（一九三四年、春陽堂）を、江戸川乱歩『幽霊塔』として岩波書店版『幽霊塔』（二〇一五年）を使うことにする。黒岩涙香『幽霊塔』と江戸川乱歩『時計塔の秘密』には漢字に振仮名が施されているが、必要があると判断したもののみを残し、大部分を省いた。

私の将来の展望は、このように明るいはずだった。しかし、古い日時計の残骸にぼんやりともたれて、これから探索にかかろうという建物を眺めているうちに、自分の気持ちが別にこれといった理由もないのに、なぜか急に惨めに落ち込んでいくのを感じていた（私はその日ロンドンから出てきたのだが、途中で汽車が遅れたために、そこに着いたのはかなり遅い時刻になっていた）。

私はこんな理不尽な思いにひたっていたが、ふと何かに引かれたように、時計塔の方向に眼をやった。どういう理由があったか知らないが、女中頭は、あの大時計の下の部屋を自分の寝室に選んで、そこで殺されてしまったんだな、ちょうどあの鎧戸の下りた窓の後ろ辺りで、とぼんやりそんなことを思いながら。

突然、視界の端で何かが動いたように思われた。急いでそちらに眼をやると、驚いたことに、これまでずっと止まったままになっていたはずの大時計の、金メッキを施した大きな二本の針が、文字盤の上をするすると動いているではないか。

この時計が時を告げなくなって久しいことに疑問の余地はなかった。しかし今、長針が十二を、短針が五を指したとき、大時計がもやは止まっていないことがはっきりした。というのも、ひび割れていたが、荘重に時を告げる鐘が五時を打ち出したのだから。大時計は五つ時を打ち終わると、しばらく唸るような残響音を低く響かせていたが、やがて、辺りはいつもの静けさに戻っていった。

（灰色の女）

余が下検査の為め此土地へ着たは夏の末の日暮頃で有つたが、先づ塔の前へ立つて見上げると如何にも化物然たる形で、扨は夜に入るとアノ時計が、目の玉の様に見えるのかと、此様に思ふうち、不思議や其時計の長短二本の針がグル〳〵と自然《ひとりで》に廻つた。時計の針は廻るのが当り前とは云へ、数年来住む人も無く永く留つて居る時計だのに、其針が幾度も盤の面《おもて》を廻るとは余り奇妙では無いか、元来此時計は塔其物と同じく秘密の仕組で、何《ど》うして捲き何《ど》うして針を動かすかは、代々此家の主人《あるじ》の外に知る者無く、爾《さう》して主人《あるじ》は死絶えた為に恐らくこの針を動かし得る人は此世に無い筈だ、余の叔父さへも、数日来色々の旧記を取調べて此時計の捲き方を研究して居た、余は若しや川から反射する夕日の作用で余の眼が欺されて居るのかと思ひ猶ほ能く見るに、全く剣が唯だ独で動いて居るのだ。真逆《まさか》幽霊が時計を捲く訳でも有るまい。(黒岩版)

私はもう時計屋敷の毀れた土塀のところに立っていた。

幽霊なんか信じないといっても、なんとなく心が滅入って、普通の家を訪問するように、気軽に中へはいる気になれぬ。

ますます雲が深くなった薄暗い空を背景に、時計塔の一つ目が、ギョロッと睨んでいるのが、気にかかって仕方がない。私の眼は、見まいとしても、磁石で引きつけられるように、時計の文字板を見上げないではいられなかった。

そうして文字板を見ていると、思わずドキンとするような妙な現象が起こった。ほかでもない、何十年の年月を経て錆《さ》びついてしまっているはずの時計の針が、まるで生あるもののようにグルグルと廻ったのだ。

錯覚ではないかと、なおも見ていると、廻る廻る、時計の長針と短針とがダンスでもしているようだ。錯覚ではない。確かに針は動いている。

いったいこの時計は、伝説の秘密室と同じで、ゼンマイの捲きかたも、針の動かしかたも、死んだ渡海屋のほかにはだれも知らないということだから、村人などがあの針を動かすはずはない。では噂の幽霊が機械室へ忍びこんで、何十年もの妄執《もうしゅう》をこめて、時計を動かしてでもいるのだろうか。（乱歩版）

光雄少年は、時計屋敷のこわれた土べいのまえに立っていた。

ますます雲のこくなったうすぐらい空を背景に、時計塔の白い文字板が、まるで一つ目の大きなばけ物のように、ギョロリとこちらをにらんでいる。

（幽霊なんかいるものか！）

と信じながらも、光雄はなんとなくなかへはいる気にならない。

少年は時計塔の文字板をじっと見あげていた。

そのとき、少年は思わずドキンとして目をみはった。

さびついてしまっているはずの時計の針が、ぐるぐるとまわったのだ。

（おやっ！）

光雄はあまりぶきみな伝説など聞いたので、さっ覚でもおこしたのではないかと思った。

目をこすってよく見なおした。だが、それはゆめでもさっ覚でもなかった。長針と短針とが、ダンスでもしているように、ぐるぐるとまわっている。

この時計のうごかしかたは、死んだ渡海屋のほかには、だれひとり知っているものはないといわれ、もう何十年ものあいだ、一ども動かしたことはなかったはずなのだ。

（乱歩リライト版）


『灰色の女』は日本語に翻訳されたものなので、対照には自ずから限界があることはいうまでもない。その上でいえば、『灰色の女』と黒岩版とでは、語を単位とした対応は少なそうにみえる。しかしそうであっても、思ったよりも「ちかい」という印象をもった。筆者は黒岩版を先に読んでいて、後に『灰色の女』を読んだのだが、もっと異なっているだろうと勝手に予想していた。黒岩版と乱歩版とも案外と「ちかい」。こうして「『幽霊塔』の歴史」をたどることもまた文学作品を読む楽しみの一つといえるだろう。

ある文学作品の読み手が、その作品にインスパイアされて書き手となってリライト版を書き、そのリライト版の読み手がさらなるリライト版の書き手となり、さらにその読み手が……と考えていくと、文学作品の書き換え＝リライトは途切れることなく続いていく可能性がある。そうした「大きな流れ＝連鎖」は（引用という現象も含めて）文学作品、ひいては「書く」ということの根幹にあるといってもよいのだろう。あるいは「書く」ということは何らかのエネルギーに促されているといってもよいのかもしれない。

第三章　推敲と書き換えのはじまり——漱石と賢治の自筆原稿

自筆原稿は、文学作品がうまれる「現場」であり、言語が躍動する場でもある。自筆原稿の「書き手」は書いている間は「書き手」であるが、自身が書いた文章を読みなおす時は「読み手」になる。推敲とは「書き手」がいったん「読み手」となって、文章を評価し、また「書き手」に戻って文章を修正することといってもよい。「読み手」となった「書き手」は自身の文章の最初の読者でもある。

「翻案」は「書き手—読み手＝書き手」の少し距離を置いた「響き合い＝呼応」だとすれば、自筆原稿を推敲するということは、「書き手—読み手＝書き手」の距離がほとんどない、「書き手＝読み手＝書き手」のような場面といってもよい。書き手はすぐに読み手になり、その読み手はまたすぐに書き手になるといった、書き手と読み手との距離がゼロにちかい状況下で、推敲が展開していく。自筆原稿に残されている修正の跡は、こうした

「書き手」と「読み手」との往復、入れ替わりの「痕跡」ということになる。本章では、夏目漱石と宮沢賢治との自筆原稿を採りあげることにする。

『坊っちやん』の自筆原稿

『坊っちやん』は明治三十九（一九〇六）年四月一日に雑誌『ホトトギス』第九巻第七号に、『吾輩は猫である』（十）とともに一括して発表され、翌年一月に春陽堂から刊行された小説集『鶉籠《うずらかご》』に収められた。

右ではタイトルを『坊っちやん』と書いた。これは自筆原稿のタイトル（及び『ホトトギス』掲載時のタイトル）がそのように書かれているからである。「そのように」とは促音を小書きの「っ」で書き、拗音の「チャ」を「ちや」と書くという書き方である。昭和六十一年に内閣告示された「現代仮名遣い」では、「拗音に用いる「や、ゆ、よ」は、なるべく小書きにする」、「促音に用いる「つ」はなるべく小書きにする」という「注意」を記しており、それに従えば「ボッチャン」は「ぼっちゃん」と書くことになるが、それとは異なる書き方である。

すでに指摘されていることであるが、『坊っちやん』の自筆原稿には、タイトルを含めて「ボッチャン」という語が十八回使われている。タイトルを含めた十四回が「坊っちやん」と書かれているが、「坊つちやん」も三回あり、「坊ちやん」も一回ある。ただし、「坊つちやん」は自筆原稿の一四四枚目から最後の一四九枚目までの間にみられることから、漱石に書き方の「ルール」がなかったのではなく、その緩みと考えられている。

明治三十九年三月二十三日付の高浜虚子あての書簡には原稿を一〇九枚書いたことが記されているが、書簡の末尾近くに「松山だか何だか分らない言葉が多いので閉口、どうぞ一読の上御修正を願たいものですが御ひまはないでせうか」と記されており、作品中の松山方言の「修正」を松山出身の高浜虚子に依頼している。

『坊っちやん』の主人公の「おれ」が学校に宿直をした時に、寄宿生たちが床の中にバッタを入れるという事件が起こる。「おれ」が「なんでバッタなんか、おれの床の中に入れた」と言うと、「そりや、イナゴぞな、もし」と生徒に遣り込められる場面はよく知られているだろう。「おれ」は「いつ迄行つてもなもしを使ふ奴だ」と思う。この「なもし」が松山方言であるが、「なもし」をはじめとして、高浜虚子が漱石の原稿に加筆修正した箇所が少なからずあることがすでにわかっており、『漱石全集』第二巻（二〇〇二年第三刷、岩波書店）には新垣宏一、佐藤栄作、渡部江里子の調査結果を反映した「『坊っちやん』加除訂正一覧」が提示されている。

高浜虚子による松山方言の修正

例えば、「おれ」と下宿の「御婆さん」との会話文の一つはもともと、

「なぜ奥さんを連れて、一所に御出んかなど丶質問をする。奥さんがある様に見えますかね。可哀想に是でもまだ二十四ですぜと云つたら、なあに、あんた二十四で奥さんが御有りるのは当り前ぞなと冒頭を置いて」

と書かれていたが、それを虚子が、

「どうして奥さんをお連れなさつて、一所に御出なんだのぞなもしなど丶質問をする。奥さんがある様に見えますかね。可哀想に是でもまだ二十四ですぜと云つたら、それでも、あなた二十四で奥さんが御有りなさるのは当り前ぞなもしと冒頭を置いて」

と修正している。傍線は修正箇所。「ナモシ」にかかわる修正がやはりみられる。

あるいは「御婆さん」の「然し先生はもう、御嫁が御有りるに極つとる。私はちやんと、さう見て取つた。」を「然し先生はもう、御嫁が御有りなさるに極つとらい。私はちやんと、もう睨《ね》らんどるぞなもし。」と修正している。虚子の修正は、やはり松山方言にかかわるものが多い。これは「作者以外の人物による作品の書き換え」ということになる。

固有名詞の変更

『坊っちゃん』の自筆原稿には当然のことながら漱石も修正を施している。以下挙例の後ろの丸括弧内には、『漱石全集』第二巻の頁を入れておく。冒頭近くの「菜園の西側が山城屋と云ふ質屋の庭続きで」（二五〇頁）という箇所は、もともとは「菜園の西側が大城屋と云ふ質屋の庭続きで」と書かれていた。「大城屋」を「山城屋」に変えたのはなぜか、といってもその答えはわからないだろうが、固有名詞の変更はむしろある。画学の教師で「野だいこ」と呼ばれる「吉川君」という人物は最初は「加藤君」という名前だった。「いつか石橋を渡つて野芹川の堤へ出た」（三三八頁）の「野芹川」はいったんは「坪田川」と書かれている。『坊っちゃん』最末尾のよく知られている一文「だから清の墓は小日向の養源寺にある」の「小日向」は「小石川」を修正している。

漱石の誤記あれこれ

漱石が誤記をしたと思われる例をみてみよう。

「一週間許りしたら学校の様子も一と通りは飲み込めたし」（二七四頁）の傍線の箇所はいったんは「飲み呑めたし」と書かれており、「呑」字を抹消して右傍に「込」と書かれている。「ノミコメタシ」と書くにあたって「コメタ」にまた「呑」字を書いてしまった誤記と思われる。言語学で先立つ音素Xの影響を受けて、Xに続く音素YがXにちかく実現してしまう現象を「順行同化（progressive assimilation）」と呼ぶが、「飲・込」と書かなければいけないところを、先行した「飲」字（あるいは当該字に対応する訓）の影響によって、「飲・呑」と書いてしまった右の事例は表記における「順行同化」のような現象といえそうで興味深い。

「清は皺苦茶だらけの婆さんだが、どんな所へ連れて出たつて耻づかしい心持ちはしない」（二九八頁）の「皺苦茶だらけ」は「皺苦茶だられ」を修正している。「皺苦茶だられ」はおかしなかたちであるが、これは発音上の「順行同化」に他ならない。「ダラケ」と発音すべきところ、「ラ」の子音が「ケ」の子音に影響を与え、「け」ではなく「れ」と書いてしまった。それを修正したのがこの例であると思われる。次に示す例と同様に、かなりな速度で原稿を書いていることがかかわっていると推測する。

「余計な減らず口を利かないで勉強しろと云つて」（二七七頁）の傍線の箇所はいったんは「聞」と書かれていた。これは「キク」という訓、あるいは発音から、「聞」字を書いてしまったものと思われる。『坊っちゃん』の原稿はかなりな速度で書かれたと考えられており、そうした場合、脳裡に浮かぶ語形＝発音を文字化するのにあまり時間がかかっていないことが推測される。別の箇所「顔はいくら膨れたつて、口は慥かにきけますから、授業には差し支ませんと答へた」（二九二頁）の「き」も「聞」という字を修正して書かれている。

「学校には宿直があつて、職員が代る〳〵之をつとめる。但し狸と赤シャツは例外である」（二八〇頁）の箇所の「狸」は「猫」を消して書き直してある。前にも記したように、『吾輩は猫である』の最終回の原稿と『坊っちゃん』の原稿とは同時に『ホトトギス』に掲載されている。少し前まで『吾輩は猫である』の原稿を書いていた漱石は、獣偏《けものへん》を書いたら反射的に「猫」の字を書いてしまったのではないだろうか。そうだとするとこれもおもしろい。この修正は「『坊っちゃん』加除訂正一覧」には載せられていない。

「おれは海の中で手をざぶ〳〵と洗つて、鼻の先へあてがつて見た。まだ腥臭い」（二九七頁）の箇所では、「生臭い」と書いた「生」字を抹消して、「腥」字を書いている。「腥」字はこの漢字一字で「ナマグサイ」を書くことができるのだから、「生臭」二字を抹消して「腥」に変えるべきであったが、漱石は「臭」字を消しそこなったために、「腥臭い」というかたちが原稿に残され、『鶉籠』でも「腥臭い」（六四頁）と印刷されている。おそらく右の推測はあたっていると思われるが、それでも他人が「臭」字を除くことができないのが、「漱石の偉大さ」だろう。

語形にかかわる修正

「おれだつて人間だ、いくら下手だつて糸さへ卸しや、何かかゝるだらう」（二九三頁）の箇所では、いったん「さい」と書いてそれを「さへ」に修正している。漱石の助詞「サエ」の発音は「サイ」（あるいはそれにちかいもの）だったことが推測される。

「釣をするには、あまり岸ぢやいけないですと赤シャツが異議を申し立てた」（二九五頁）ではいったん「抗議」と書いてから「異議」に修正している。「抗議を申し立てる」という表現はやや不自然にも思われるので、「抗議」と書いてすぐに「異議」に修正したか。漱石の脳裡では、漢語「コウギ（抗議）」と「イギ（異議）」とがちかくに位置を占めていることが推測される。

「かゝる弊風を杜絶する為めにこそ吾々はこの校に職を奉じて居るので」（三一九頁）の「絶」字は「塞」字を抹消して右傍に書かれている。つまり漱石は「トサイ（杜塞）」という漢語を「トゼツ（杜絶）」という漢語に書き変えたことになる。この「トサイ（杜塞）」は『大漢和辞典』の「杜」字の条に掲げられている熟語の中にはみあたらない。また『日本国語大辞典』第二版も「トサイ（杜塞）」を見出し項目としていない。現時点では、「トサイ（杜塞）」という漢語の存在を確認できていないことになるが、漱石の単なる誤記でなければ、そうした漢語も漱石の脳裡にはあったことになる。

『それから』の自筆原稿

『それから』は明治四十二（一九〇九）年六月二十七日から十月十四日まで、東京と大阪の『朝日新聞』に全百十回にわたって連載され、明治四十三年一月に春陽堂から単行本として刊行されている。自筆原稿九百六十三枚すべてが阪本龍門文庫に蔵されており、それに基づく複製、『漱石自筆原稿「それから」』が二〇〇五年に岩波書店から刊行されている。ここではその複製を使った。挙例の後ろの丸括弧内には、『漱石全集』第六巻の頁を入れた。

表記の書き換え

「門野《かどの》は只《たゞ》へえゝと云つた限《ぎり》、代助の光沢《つや》の好《い》い顔色《かほいろ》や肉《にく》の豊《ゆた》かな肩のあたりを羽織の上から眺めてゐる」（一三頁）の箇所で「只《たゞ》」の下には「たゞ」と書かれているので、漱石はこの「タダ」という語を仮名書きから漢字書き（＋振仮名）に書き換えている。このような場合、なぜそのように書き換えたかということを説明することはむずかしい。

「代助は玄関迄馳《か》け出して行つて、手を執《と》らぬ許りに旧友を座敷へ上《あ》げた」（一六頁）。

ここでは「執《と》」の下に「取」字が書かれており、漱石はいったん「取らぬ」と書いてから「執《と》らぬ」に書き換えていることがわかる。

「飯《めし》を食《く》はなくつちやならないから」（一八頁）の箇所では、「食《めし》」を「飯《めし》」に書き換えている。「食」字で和語「メシ」を書くことはできないわけではない。『それから』には「家《うち》で食《く》ふのは朝食《あさめし》位なもので」（三三頁）、「代助が朝食《あさめし》の膳《ぜん》に向《むか》つて」（七〇頁）、「代助は晩食《ばんめし》も食《く》はずに、すぐ又表《おもて》へ出た」（一三一頁）などがあり、「朝食」「晩食」が「アサメシ」「バンメシ」にあてられている。しかしまた「メシヲクウ」というひとまとまりの表現において、「メシ」にも「クウ」にも「食」字をあてると、「食を食う」となってしまうことを避けるということは十分に考えられる。

「左様《そん》なもんでせうか」（四六頁）はいったんは「そんな」と仮名書きされていた。

「木履《くつ》を片足失《かたあしな》くなした、寒《さむ》いと一人《ひとり》が云ふと、何《なに》を？と一人《ひとり》が聞き直《なほ》した」（五三頁）の箇所では、「靴」を「木履《くつ》」に書き換えている。

ある語を漢字で書くか、仮名で書くかということは原理的には「選択肢」であり、どちらも選択することができる。その選択には、相当にはっきりとした理由がある場合もあろうが、そうでもない場合もあることが推測され、「なぜ書き換えたか」という問いすべてに答えることはむずかしい。その一方で、（漱石という）「書き手」が右のようなことに気配りをしていることはたしかなことで、「どう書いても同じだ」と思っていない場合があることもたしかなことといえよう。

『それから』の語形にかかわる修正

「会社員なんてものは、上《うへ》になればなる程旨《うま》い事が出来《でる》ものでね」（二六頁）の箇所では、「会社」の下には「銀行」とあり、いったんは「銀行員」という語を選択していたことがわかる。ところで、自筆原稿には「出来《でる》もの」とはっきりと書かれており、これは「出来《でき》るもの」とあるべきところを漱石が誤記したと思われる。

「平岡が自分に返事もせずに無言《むごん》で歩《ある》いて行くのが、何となく馬鹿らしく見えた」（二九頁）の箇所では、「返事も」の下には「返答を」と書かれており、「返答をせずに」を「返事もせずに」に書き換えている。

明治二十四（一八九一）年に完結した、近代的な国語辞書の嚆矢としてよく知られている『言海』で、「ヘントウ（返答）」と「ヘンジ（返事）」とを調べてみると次のように説明されている。

へんじ（名）ー返事ー返辞ーカヘリゴト。コタヘ。アイサツ。返答。答辞

へんたふ（名）ー返答‖カヘリゴト。コタヘ。ヘンジ。アイサツ。答辞‖

見出し項目「へんじ」の語釈中に「返答」があり、見出し項目「へんたふ」の語釈中に「ヘンジ（返事）」があって、かつ語釈の「カヘリゴト」「コタヘ」「アイサツ」が共通していることからすれば、明治二十四年の時点で（すでに）「ヘンジ（返事）」と「ヘントウ（返答）」とは語義が相当にちかい類義語であったと推測できる。ある語とある語との辞書の語釈がどの程度共通するかによって、両語の類義の度合いを測ることはある程度できると考える。したがって、それをもって（ある程度客観性をもった）「測定」とみるのであれば、「ヘンジ」「ヘントウ」の語義はちかいことが「測定」できたことになる。しかしそれでもなお、文学作品の「書き手」は「ヘントウ」から「ヘンジ」に語の選択を変えている。この場合、「ヘントウ（返答）」のほうが「ヘンジ（返事）」よりも漢語らしさがよりある、つまりわかりやすくいえば、やや「固い」ということではないかと思う。

「毎年夏《まいとしなつ》の初めに、多くの焼芋《やきいも》屋が俄然として氷水《こほりみづ》屋に変化するとき、第一番に馳けつけて、汗も出ないのに、氷菓《アイスクリーム》を食《く》ふものは誠太郎である」（三二頁）の箇所では、「氷菓《アイスクリーム》」の下に「氷水《みづ》」と書かれている。ここでは「コオリミヅ」を「アイスクリーム」に換えている。右には「氷菓《アイスクリーム》がないときには、氷水《こほりみづ》で我慢する」という一文が続く。この一文が成立するためには、前の箇所は「氷水」ではおかしい。そうしたことが書き換えにかかわっているのだろう。

「代助丈が時々《ときぐ》そつと戸を明《あ》けるので、好《よ》くつてよ、知らないわと叱《しか》られる」（三三頁）の「叱《しか》られる」の下には「怒《おこ》られる」とあって、いったんは「オコラレル」という語を選択していたことがわかる。「オコラレル」と「シカラレル」とも語義がちかいと思われる。

「代助も玄関迄送つて出たが、又引き返して客間《きやくま》の戸を開けて中《なか》へ這入《はい》つた」（四三頁）の箇所では、「客《きやく》」の下に「応接」と書かれている。「応接」には振仮名が施されていないので、「応接間」まで書いて、すぐに「客間」に換えて振仮名を施したか。

格助詞「ノ」の脱落

「御父《おとう》さんの前で議論なんかしやしませんよ」（四四頁）の箇所で、傍線を施した格助詞「ノ」は「吹きだし」によって後補されている。単純なる誤記ということがもちろんまず考えられるが、漢字「前」に続くために、「ノ」を（無意識に）文字化しなかった可能性はないだろうか。例えば、「ヨノナカ」を「世の中」と書く。しかし、「世中」と書いたら「ヨナカ」になってしまうかといえば、これでも「ヨノナカ」を書いたものだとわかる人が多いだろう。同様に「コノハ」を「木葉」と書くこともできる。これらは「ヨノナカ」

「コノハ」といぅ「かたち」がわかっているから、格助詞「ノ」を表記上「埋め込む」ことができると考える。そうしたことを一方に置き、また漢文式の書き方に慣れている場合、日本語の助詞を無意識のうちに書かないということがあるのではないかと思う。右の例はそうしたこととかかわっていないだろうか。別の箇所には次のような例がみられる。

門野《かどの》が、洗《あら》ひ立《た》ての顔《かほ》を光《ひか》らして茶の間《ま》へ這入つて来《き》た。（七〇頁）

ここでは「光《ひか》ら」と「茶の間」の「の」とが「吹きだし」によって後補されている。「チャノマ」は「茶の間」と書くことが多いが、漱石は「ノ」を埋め込んだ「茶間」のかたちでいったんは書き、後から補って「ノ」を顕在化させている。

「神経《しんけい》ぢやない本当だよ。全《まつ》たく兄《にい》さんの所為《せゐ》だ」（八九頁）

ここでも格助詞「ノ」が「吹きだし」によって後補されている。もっともこの一行では、「ない」の「い」、「本当だよ」の「よ」、「全《まつ》たく」の「た」も後補されているので、修正が多い一行であるが、「い」と「の」とは脱落と考えるのが自然であろう。

今迄三千代の陰《かげ》に隠《かく》れてぼんやりしてゐた平岡の顔《かほ》が、此時明《あき》らかに代助の心《こゝろ》の瞳《ひとみ》に映《うつ》つた。（一七〇頁）

「三千代の」の「ノ」はやはり「吹きだし」によって後補されている。「ミチヨノカゲ」と書こうとして「ノ」を脱落させることは考えにくいが、自筆原稿はそうした脱落が起こったことを示している。「三千代陰」と漢字が続くことがそうした過誤の遠因となっているのではないだろうか。

ケレドモ・ソウシテ・ダカラ

改めていうまでもないが、「ケレドモ」「ソウシテ」「ダカラ」はいずれも接続詞である。これもわざわざいうまでもないが、接続詞は（基本的には）文や語句をつなぐものである。文を使って説明すれば、「文＋接続詞＋文」というかたちで機能する。「雨が降っている。だから、予定していた外出はとりやめた」。「雨が降っている」「今日は朝から雨が降っている」ということを理由として「予定していた外出はとりやめた」ということになった。しかし、「今日は雨が降っている。予定していた外出はとりやめた」という、二つの文から成る表現がおかしいかといえば、少しぶっきらぼうな感じはするが、日本語の表現として「おかしい」とまでいわなくてもよさそうだ。「読み手＝情報の受け手」は二つの文をみて、それがどういう関係にあるか、接続詞がなくてもつねに考えている。だから、「書き手」側が二つの文の関係を明示するために使っているのが接続詞だと考えることもできる。

漱石の自筆原稿をみていると、接続詞が後から補われていることが少なくないことに気づく。少し例を挙げてみよう（改行は保存していない）。

1「だから思ひ切つて貸して下《くだ》さい」と云つた。すると梅子は真面目《まじめ》な顔をして、「さうね。けれども全体何時《いつ》返《かへ》す気なの」と思ひも寄《よ》らぬ事を問ひ返した。（一一七頁）

2つゞいて、だから先刻《さつき》云つた金《かね》を貸して下《くだ》さい、といふ文句が自《おのづ》から頭《あたま》の中《なか》で出来上《できあが》つた。――けれども代助はたゞ苦笑して嫂《あによめ》の前に坐《すは》つてゐた。（一二三―一二四頁）

3が、これはたゞ父《ちゝ》に信仰がない所から起る、代助に取つて不幸な暗示に過ぎなかつた。さうして代助は自分の心のうちに、かゝる忌はしい暗示を受けたのを、不徳義とは感じ得なかつた。（一五六頁）

4代助は滴《したゝ》る茎《くき》を又鉢《またはち》から抜《ぬ》いた。さうして洋卓《テーブル》の引出《ひきだし》から西洋鋏《はさみ》を出《だ》して、ぷつり〳〵と半分《はんぶん》程の長さに剪《き》り詰《つ》めた。　（一六九頁）

5否《いな》女の斯う云ふ態度の方が、却つて男性の断然たる所置よりも、同情の弾力性を示してゐる点に於て、快《こゝろ》よいものと考へてゐた。だから、もし二百円を自分に贈つたものが、梅子でなくつて、父《ちゝ》であつたとすれば、代助は、それを経済的中途半端《ちうとはんぱ》と解釈して、却つて不愉快な感に打たれたかも知れないのである。　（一三一頁）

6今《いま》は其悲《かな》しみも殆んど薄《うす》く剝《は》がれて仕舞つた。だから自分で黒い影《かげ》を凝《じつ》と見詰めて見る。　（一四〇頁）

1の「けれども」は「吹きだし」で後補されている。2では「頭《あたま》の中《なか》で」と「けれども」が「吹きだし」で後補されている。3の「さうして」、4の「又《また》」と「さうして」、5の「だから」と「かも知れない」、6の「だから」も「吹きだし」で後補されている。2の場合は、「――」によって何らかの「気分」をあらわしていたと思われるが、結局はそこに「けれども」を加え、「気分」の方向をはっきり表現したようにみえる。

こうしてみると、文と文との関係ははじめから決まっているのではなく、いわば「推敲」の結果、ある場合にはその関係をはっきりさせるために、接続詞が加えられるということがわかる。「読み手」は「書き手」のそのような微調整の「結果」を作品として享受していることになる。自筆原稿をよむおもしろさは、「書き手」の書き換えを追跡できるところにもある。

『こころ』の自筆原稿を調べてみると、やはり「さうして」「だから」を後から書き加えている例がかなり多くみられることがわかる。接続助詞では、「スルト」「シカシ」「ソレデ」が書き加えられていることも多い。

また、「マス」を「マシタ」に、逆に「マシタ」を「タノデス」に書き換えるといった、文末の微調整も多くみられる。そのことによって、「ことばの調子」を調整していると思われ、興味深い。

宮沢賢治の自筆原稿

宮沢賢治の『銀河鉄道の夜』はひろく読まれている作品であろう。角川文庫（二〇〇九年改訂二十六版）を使って冒頭を引用してみよう。

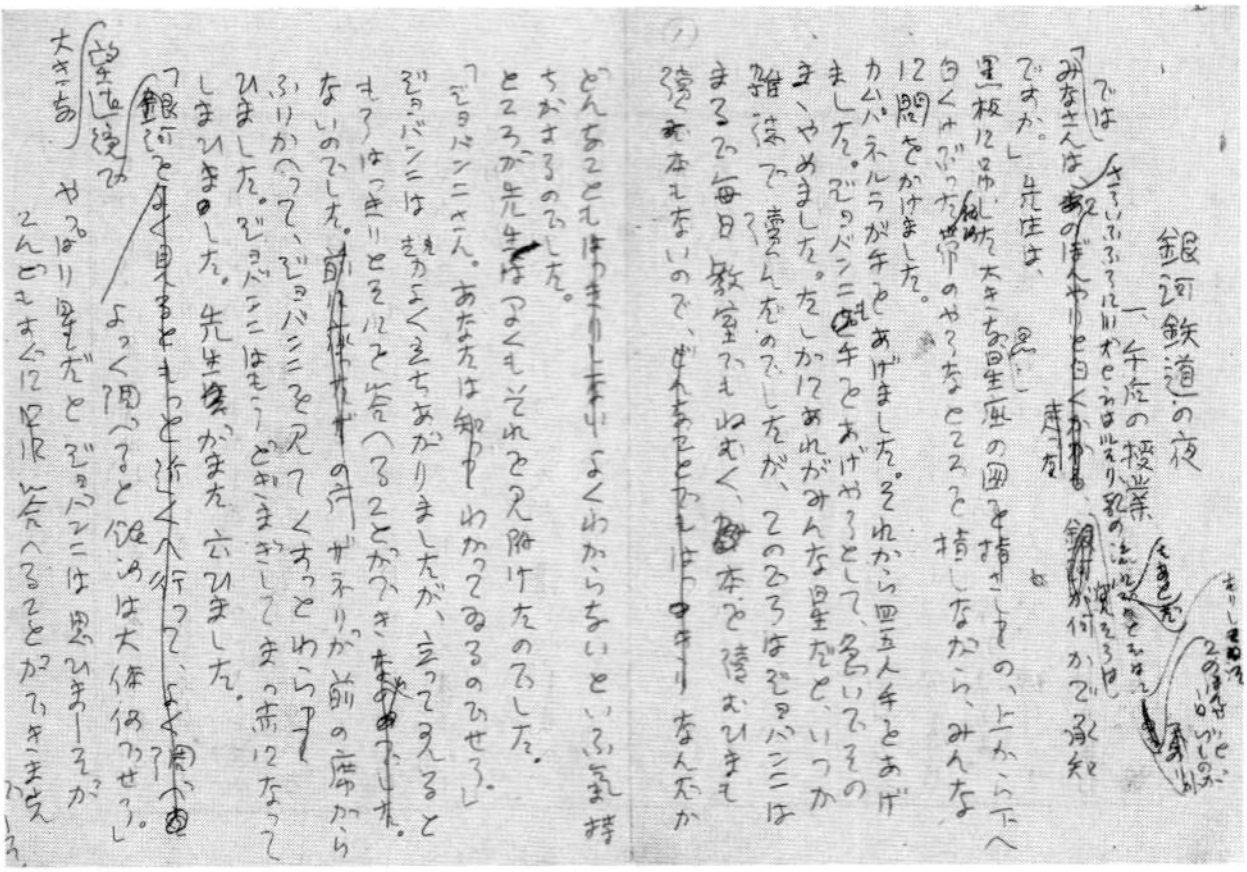

図3　『銀河鉄道の夜』冒頭部分自筆原稿

「ではみなさんは、そういうふうに川だと云われたり、乳の流れたあとだと云われたりしていたこのぼんやりと白いものがほんとうは何かご承知ですか。」先生は、黒板に吊した大きな黒い星座の図の、上から下へ白くけぶった銀河帯のようなところを指しながら、みんなに問をかけました。

『銀河鉄道の夜』の自筆原稿は、入沢康夫が監修・解説する『宮沢賢治「銀河鉄道の夜」の原稿のすべて』（一九九七年、宮沢賢治記念館発行）によって誰でもみることができる。本書においても、この文献を使わせていただいている。先に引いた箇所を含む原稿用紙一枚を、この文献から引用させていただいた。

『宮沢賢治「銀河鉄道の夜」の原稿のすべて』の解説は精緻な研究の成果をあますところなく伝えてくれている。現在では、さまざまな研究の結果、宮沢賢治がどのような順で、『銀河鉄道の夜』を書き進めていったかもわかってきている。そうした研究によると、作品冒頭の「午后の授業」「活版所」「家」の三章は後から書き足されている。作品の冒頭部分が後から書き足されているというのは、意外なことであるが、そういうこともあるということだ。図版として示した箇所も含めて、書き足された部分は、宮沢賢治の初期童話「青木大学士の野宿」「三人兄弟の医者と北守将軍」の原稿用紙の裏面に書かれている。そして、「青木大学士の野宿」の原稿用紙の一枚目から六枚目までは『銀河鉄道の夜』の、七枚目から十二枚目までは、『セロ弾きのゴーシュ』の、十三枚目から十六枚目までは、『風の又三郎』の書き直しに使われており、宮沢賢治の代表的な三作品が、ある時期に、相次いで書き換えられたことを示唆している。

「読み手」は「書き手」から提示された最終形を、「固定された本文」として享受するわけだが、「書き手」の内部において作品は足を止めることなく変成し続けるものなのだろう。

『銀河鉄道の夜』の「本文」も研究が深化していくにつれて変わっていった。自筆原稿の再検討などを経て、「天気輪の柱」の章の後半の五枚分の位置を、それまでの「本文」とは異なり作品末尾に移した「本文」が、岩崎書店版童話全集第六巻第二刷（一九六五年三月）において提示され、その後の研究の成果をふまえて一九七四年に筑摩書房版校本全集が出版されるに至った。つまりその時々の「読み手」はいわば異なるかたちの『銀河鉄道の夜』を読んでいたことになる。

具体的に原稿をみてみよう。冒頭部ははじめ「みなさんは、あのぼんやりと白くかかる、銀河が何かご承知ですか。」と書かれている。「では」を挿入し、「あのぼんやりと白くかかる」の「あの」を「この」に換え、「かかる」を「走った」とし、しかしまたそれを抹消し、他にもいろいろな修正を繰り返して、最終的には「ではみなさんは、さういふふうに川だと云はれたり、乳の流れたあとだと云はれたりしてゐたこのぼんやりと白いものがほんたうは何かご承知ですか」となって落ち着く。

筆者が初めて『銀河鉄道の夜』を読んだのがいつのことかまったく覚えていない。小学校の頃に子供向けのものを読んだような気もするし、中学校に入学してから、文庫本で読んだような気もするが、とにかくはっきりしない。したがって、いつ頃から気になっていたのかわからないが、筆者は「では」から始まるこの冒頭が気になっていた。この前の場面が書かれていないからだ。だから、この前の場面を書いた原稿がおそらく失われている、ということであれば、「やっぱり」と思っただろう。しかし、この作品冒頭の箇所が後から書かれたということを知って、さらに驚いた。宮沢賢治は「では」という会話文から始まる文章を作品の冒頭にもってきた。驚かざるを得ない。書かれていないといっていいかどうか、それも慎重に考えれば、「失われた一枚」が絶対にないとは断言できないだろうが、現時点ではそうしたものがありそうだという情報はないので、それはないものとしておくが、この「では」を加えることによって、教室のある場面から作品が始まるというかたちになり、作品全体にひろがりを与えていると考える。

「このごろはジョバンニは／まるで毎日教室でもねむく、雑本を読むひまも／読む本もないので、~~どんなこともはっきりなんだか／どんなこともはっきりしない~~よくわからないといふ気持／ちがするのでした。」の箇所では、一度は「雑」と書いてからそれを抹消して、「本」と続ける。すぐ前の箇所に「雑誌」とあるので、「雑誌」と書こうとしたが、それをやめて「本」に換えたものと思われる。「どんなことでもはっきり」を抹消してから「なんだかどんなこともはっきりしない」と書いて、「はっきりしない」を抹消して「よくわからない」と換えていると思われ、宮沢賢治はある程度のまとまりを書いてから「推敲」するのではなく、書きながら書き換えを繰り返していると思われる。自身の内部からあふれでてくる語や表現を選び選びしながら書き進めていっていることが自筆原稿からわかる。

「銀河を~~よく見るともっと近くへ行って、よく調べた~~」とある箇所をよくよく観察すると、「よく見ると」を抹消している線と「もっと近くへ行って、よく調べた」を抹消している線とはつながっていない。「銀河をよく見るともっと近くへ行って、よく調べた」は重複的な表現になってしまっている。宮沢賢治はまず「銀河をよく見ると」まで書いてから「よく見ると」を抹消して、その代わりの表現として「もっと近くへ行って、よく調べた」と書き、結局はそれをも抹消したと思われる。「よく調べた」と書いていることからすれば、「よく調べたら」と書くつもりだったかもしれない。そして「銀河を」を「よっく調べると銀河は大体何でせう」に続けた。「銀河を」の前に「大きな望遠鏡で」が加えられているが、これは「よっく調べると～」が書かれている行の上部に書かれている。「よっく調べると～」が行の途中から書かれていることから推して、「大きな望遠鏡で」は「よっく調べると～」を書くよりも前に書き加えられていると思われる。

カムパネラルかカムパネルラか

図3の次の原稿用紙には次のように書かれた箇所がある。

　さうだ僕は知ってゐたのだ、勿論カムパネルラも知ってゐる、それはいつか~~ジョバンニ~~カムパネルラのお父さんの博士のうちで~~雑ジョバ~~カムパネルラといつしよに読んだ雑誌のなかにあったのだ。それどこでなくカムパネ~~ル~~ルラは、その雑誌を読むと、すぐお父さんの書斎から巨きな本をもってきて、ぎんがといふところをひろげ、まっ黒な頁いっぱいに白い点々のある美しい写真を二人でいつまでも見たのでした。

　右の箇所では「カムパネルラ」をいったんは「カムパネラル」と書いてから修正していることがわかる。『銀河鉄道の夜』は「ジョバンニ」と「カムパネルラ」の物語として知られているので、そのことからすると、「書き手」である宮沢賢治が登場人物の名前を誤記するということが「え？」という感じかもしれない。しかし、冷静に考えれば、フィクションとして書かれている作品の登場人物の名前はやはり作り物なのであって、「書き手」が間違えることもあるということだ。もしも宮沢賢治が「ジョバンニのお父さんの博士」といったんは書いたのだとすれば、一瞬にしても、登場人物の設定を錯誤したことにもなる。

消された描写

第四章「ケンタウル祭の夜」ではジョバンニが母親のために「牛乳屋」に配達されなかった牛乳を取りにいく描写がある。

「ケンタウルス、露をふらせ。」と叫んで走ったり、青いマグネシヤの花火を燃したりして、たのしさうに遊んでゐるのでした。けれどもジョバンニは、いつかまた深く首を垂れて、そこらのにぎやかさとはまるでちがったことを考へながら、牛乳屋の方へ急ぐのでした。

ジョバンニは、いつか町はづれのポプラの木が幾本も幾本も、高く星ぞらに浮んでゐるところに来てゐました。その牛乳屋の黒い門を入り、牛の匂のするうすくらい台所の前に立って、ジョバンニは帽子をぬいで「今晩は、」と云ひましたら、家の中はしいんとして誰も居たやうではありませんでした。

最終的には右のようなかたちに落ち着いたと思われるが、原稿では「牛乳屋の方へ急ぐのでした」の後ろに長い描写があって、それが×で抹消されている。抹消されている描写は次のようなものだ。

（お母さんは、ほんたうにきのどくだ。毎日あんまり心配して、それでも無理に外へ出て、キヤベヂの草をとったり燕麦を刈ったりはたらいたのだ。あの晩、おっかさんは、あんまり動悸がするからジョバンニ、起きてお湯をわかしてお呉れと云ってぼくをおこした。おっかさんが、ぼんやり辛さうに息をして、唇のいろまで変ってゐたんだ。ぼくはたったひとり、まるで馬鹿のやうに火を吹きつけてお湯をわかした。手をあたためてあげたり、胸に湿布をしたり、頭を冷したり、いろいろしても、おっかさんはたゞだるさうに、もうい丶よといふきりだった。ぼくはどんなに、つらかったかわからない。）

描写は（　）に入れられており、ジョバンニの心内話として書かれていると思われる。この描写があったら作品はどうなるか、ということは文学研究のテーマだろう。だからここでは、宮沢賢治がいったんは右のような描写を入れていたが、結局削ったということだけを紹介しておく。

結局「牛乳屋」でジョバンニの応対に出てきた「年老った女の人」はわからないので

「あしたにして下さい」といい、ジョバンニは「おっかさんが病気なんですから今晩でないと困るんです」というが、「ではもう少したってから来てください」といわれて、「そうですか。ではありがとう」といってジョバンニは「お辞儀をして台所から出ました」という一文でその場面が終わる。その一文は「十字になった町のかどを、まがらうとしましたら～」という一文に続くことになっているが、その間に非常に長い文章があって、それが削除されている。削除されているのは次のような文章だ。

（今日、銀貨が一枚さへあったら、どこからでもコンデンスミルクを買って帰るんだけれど。ああ、ぼくはどんなにお金がほしいだらう。青い苹果だってもうできてゐるんだ。カムパネルラなんか、ほんたうにいいなあ。今日だって、銀貨を二枚も、運動場で弾いたりしてゐた。

ぼくはどうして、カムパネルラのやうに生れなかったらう。カムパネルラなら、ステッドラーの色鉛筆でも何でも買へる。それにほんたうにカムパネルラはえらい。せいだって高いし、いつでもわらってゐる。一年生のころは、あんまりできなかったけれども、いまはもう一番で級長で、誰だって追ひ付きやしない。算術だって、むづかしい歩合算でも、ちょっと頭を曲げればすぐできる。絵なんかあんなにうまい。水車を写生したのなどは、をとなだってあれくらゐにできやしない。ぼくがカムパネルラと友だちだったら、どんなにいゝだらう。カムパネルラは、決してひとの悪口などを云はない。そして誰だって、カムパネルラをわるくおもってゐない。けれども、あゝ、おっかさんは、いまうちでぼくを待ってゐる。ぼくは早く帰って、牛乳はないけれども、おっかさんの額にキスをして、あの時計屋のふくらふの飾りのことをお話しやう。）

右の描写も丸括弧に入っており、ジョバンニの心内話として書かれている。ジョバンニの思いは痛切である。「ぼくがカムパネルラと友だちだったら」もはっとさせられる。「書き換えられた文学作品」というと、意図的にということをまず思うかもしれない。「書き手」が積極的な意志をもって自身の作品を書き換えた、ということをイメージしやすい。それももちろん文学作品の書き換えである。しかし、夏目漱石の自筆原稿について述べたところで記したように、接続詞一つを加えるだけで、はっきりしてくることもある。接続詞を加える前と加えた後とで、どこがどう異なるのだ、説明せよ、といわれると、なかなかその「違い」を説明できないかもしれない。それでも、少し違うと感じることもあるだろう。そういうことを説明するのが言語学だろうから、ほんとうは説明できないといけない。しかし、まだそれがうまく説明するところまできていないようにも思う。
一つの文の中で使われている一つの語を別の語に書き換えただけで、文全体の意味＝文意ががらっと変わることもある。がらっとではなく、ちょっと変わるということももちろんある。一つの文の意味が変わることによって、そのあたりの文章の意味が変わることもあり得る。もちろん「大筋は変わらない」という「みかた」も成り立つ。

そして二人がそのあかしの前を通って行くときはその小さな豆いろの火はちやうど挨拶でもするやうにぽかっと消え二人が過ぎて行くときまた点くのでした。（原稿73）

右の「ぽかっと」は「ぺかっぺかっと」を抹消して書かれている。「火がぽかっと消える」も「火がぺかっぺかっと消える」も、よく使う表現というわけではないので、どちらがどう、とはいいにくいが、「ぽかっと消え」だって「ぺかっぺかっと消え」だって要するに「火が消えた」ということでしょ、という「みかた」をするか、いややっぱり（うまく違いが説明できないけれども）違う、という「みかた」をするか、ということだ。
しばらく前から「ぶっちゃけていうと」という表現をよく耳にするようになった。これがどうにもいわば「性に合わない」。あなたとわたしとは他人なんだから、「ぶっちゃけ」

ないでほしいのですが……と思う。「ぶっちゃけ」は言語がもっている繊細な力を破壊するだろうし、「どれもこれも同じ」というようなとらえかたを助長しているようにも思う。文学作品を「あらすじ」でとらえるというような場面では、自筆原稿などさほど意味をもたないということになるかもしれない。「あらすじ」は「荒筋」であり「粗筋」である。言語表現の多様性を知ることで謙虚になるということがあるように思う。自分がいいと思う表現以外に、そのことがらを表現するやりかたがたくさんある、ということを知ることは重要だと考える。

「ぶっちゃけ」はどんどんどんどん引いていくという感じがする。もともと語は、他の語との「差」によって成り立っているので、あんまり「引いていく」と細かい「差」が捨象されて、どの語もみんな「だいたい同じ」になってしまう。つまり言語表現を考える場合には、ある程度は「ミクロの世界」に留まっていなければならない。「どう書いても同じ」は「誰がやっても同じ」にちかいが、筆者はそんなことはないだろうと思う。同じことでも誰がやるかによってできあがりはずいぶんと違う。そして、同じ文学作品であっても、読み手によって、作品から汲み取ることができることがらがずいぶんと違う。書ける「書き手」、読める「読み手」は確実にいるはずだ。

夏目漱石がある時にある作品を書く。その作品を少し時間をおいてよむ。さっきは書き手だった漱石がその時には読み手になっている。そして、やっぱりこう書こうかと思う。そして書き出した時に、漱石はまた書き手になっている。しかし、少し時間がたっているのだから、さっきと同じ書き手ではない。さっきそこに置いた硬貨と今そこにある硬貨とは同じ物ではない、というとなんだかボルヘスの小説のようだが、同じ一人の人物の中で書き手と読み手とが交錯するというのが、自筆原稿の推敲であるといえそうだ。推敲の場合は瞬時にして書き手と読み手とが入れ替わるが、もっと時間が経過してから「書き換える」と、次の章で扱う「作者が書き換えた文学作品」ということになる。

第四章　作家たちは書き換える――「鼻」と「山椒魚」

「はじめに」では芥川龍之介の「羅生門」を採りあげた。芥川龍之介が書いた「羅生門」を芥川龍之介が書き換えた場合、書き換えられた「羅生門」は「作者が書き換えた文学作品」ということになる。この章ではそうした場合について採りあげていくことにする。

芥川龍之介「鼻」

芥川龍之介の書いた作品で、「羅生門」と同じくらいよく知られている作品に「鼻」がある。「鼻」は『新思潮』創刊号（大正五＝一九一六年二月十五日発行）に「芥川龍之介」の署名で掲載され、のちに『羅生門』（一九一七年五月二十三日、阿蘭陀書房）、『鼻』（一九一八年七月八日、春陽堂）、『将軍』（一九二二年、新潮社）、『沙羅の花』（一九二二年、改造社）などの単行本に収められている。

ここではおもに、『新思潮』創刊号のかたち（以下「初出」と呼ぶ）と『鼻』に収められたかたち（以下「単行本」と呼ぶ）とを対照してみることにする。初出の末尾には「禅智内供は、禅珍内供とも云はれてゐる、出所は今昔（宇治拾遺にもある）である、しかしこの小説の中にある事実がそのまゝ出てゐるわけではない。」という文章が置かれていたが、単行本ではそれが削られている。これは作品そのものの書き換えとはいえないかもしれないが、とにかく初出にはあった文章が削られている。この文章は、作品のいわば「出所」を示した文章で、読み手にそうした情報をあらかじめ与えるか、与えないかという違いがでてくる。こうしたことは他にもあり、例えば『新思潮』第一年第二号（大正五＝一九一六年四月一日発行）に「紺珠十篇」の見出しのもとに「一　孤独地獄」の題名で掲載され、単行本『羅生門』『鼻』に収められた「孤独地獄」の場合、初出の末尾にあった「とうから、小説を書く外に、暇を見てかう云ふ小品を少しづゝ書いて行かうと思つてゐた。さうしてその数が幾つかになつたら発表するつもりでゐた。今、それを一つ切離して出すのは、全く紙数の都合からである。」という文章が単行本に収められる際に削られている。

「鼻」の、初出と単行本との違いを少しあげてみよう。

1初　その見当らない事が度重なるに従つて、内供の心は、一層不快《ふくわい》になつた。

単　その見当らない事が度重なるに従つて、内供の心は次第に又不快《ふくわい》になつた。

2初　しかし何をどうしても、鼻《はな》は依然《いぜん》として、五六寸の長さをぶらりと唇の上にぶら下げてゐるのである。

単　しかし何をどうしても、鼻《はな》は依然《いぜん》として、五六寸の長さをぶらりと唇の上にぶら下げてゐるではないか。

3初　そこで弟子《でし》の僧は、指も入れられないやうな熱い湯を、すぐに提《ひさげ》に入れて、湯屋から汲《く》んで来た。

単　そこで弟子《でし》の僧は、指も入れないやうな熱い湯を、すぐに提《ひさげ》に入れて、湯屋から汲《く》んで来た。

4初　たとへば誰でも他人の不幸に同情しない者はない。

単　勿論、誰《たれ》でも他人《たにん》の不幸に同情しない者はない。

5初　五六寸の長さにぶら下がつてゐる、昔の鼻である。

単　五六寸あまりもぶら下がつてゐる、昔の長い鼻である。

3の初出のかたち「(指も)入れらない」は「イレラナイ」を書いたものとみるのがもっとも自然で、そうであればおそらく誤植であろう。単行本はそれを「入れない(イレナイ)」としているが、「指もイレナイ」は不整である。あるいは「指もハイレナイ」ということかもしれないが、それも不整だ。結局これは『芥川龍之介全集』(一九二七〜二九年、岩波書店)第一巻において「入れられない」というかたちが採用されている。

筆者は、単行本が「入れない」という不整なかたちに「修正」していることがおもしろいと感じる。芥川龍之介が初出の「入れらない」がおかしいということに気づいたら、「入れられない」と修正したのではないだろうか。「入れない」というかたちは、初出の「入れらない」をできるだけ尊重しようとした、そのかたちからできるだけ離れないような、必要最小限の「手入れ」をしたためではないかと推測する。そうであるとすれば、少なくもここの「手入れ」は芥川龍之介以外の人物によってなされた可能性がありそうだ。

初出のかたちに基づいて単行本を編集する際に、作者がまったく関与しないということは考えにくいが、「関与の度合い」はさまざまであろう。出版社が初出のかたちに基づいて印刷原稿をつくり、それによって印刷した初校を作者がチェックするというような手順がもっとも考えられる手順である。その初校に、作者が「手入れ」をして、「本文」が書き換えられることもあろう。そうした作業を丁寧にする作者もいるだろうし、それほど丁寧にしない作者もあるかもしれない。こうしたプロセスを経て出版された単行本は、作者が存命であれば、作者の「監督下」に編まれたとみるのが自然だが、「監督」には程度があるとすれば、初出の誤植がそのままになることだって考えられなくはない。

そしてまた、単行本出版にあたって、校正刷りをみた作者が作品に手を入れたくなるとすれば、絶対的、固定的な「本文」はそもそも存在しにくいといってもよいのかもしれない。自らの作品を改めて読んだ作者が、自らの作品に「促されて」書き換えをするのだとすれば、文学作品には書き換えを促す何らかの「力」が内在していることになる。あるいはそういうものが文学作品なのかもしれない。自ら生まれ変わろうとする「力」を内在しているものが文学作品だとすれば、文学作品は生きているといってもよい。

例えば、右の5に関して、初出のかたちと単行本のかたちとどちらが優れているということはいいにくいだろう。どちらも日本語の表現としては成り立っている。この一文を変えたことによって、「鼻」という作品の「全形」が変わるとも思いにくい。一文を変えることが作品の「全形」に関わる場合も当然ある。「羅生門」末尾の書き換えは、おそらくそうした場合に該当するのであって、文学研究の場で、作品の「よみ」と関係づけた解釈がさまざまに展開している。しかし、一歩ひいてみれば、一つの文は、その周辺に、さまざまなバリエーションをつねに従えているともいえ、このかたちの文でなければ絶対にだめだ、ということもあるだろうが、多くの場合は、これはこれで成り立つ、それはそれで成り立つということになっているのではないか。つまり文というものは「相対的な存在」であるといえよう。

芥川龍之介「ひよつとこ」

「鼻」については、書き換え前と書き換え後とが「あまりかわらない」と思われたかたもいることだろう。「ひよつとこ」の場合はかなり違いがある。「ひよつとこ」は『帝国文学』第二二巻第四号（大正四＝一九一五年四月一日発行）に「柳川隆之介」の署名で掲載され、のちに『煙草と悪魔』（一九一七年、新潮社）に収められた。前者のかたちを初出、後者のかたちを単行本と呼ぶことにして、具体的に両者の違いをみてみよう。

1初　中には「莫迦」と云ふ声も聞える。船の中の連中はそんな事には頓着しない。まるで、いゝ心持ちに酔つて騒ぎさへすれば、桜が咲いてゐやうが、お米庫が並んでゐやうがそんな事にはかまはないと云つた容子である。

単　中には「莫迦」と云ふ声も聞える。（以下なし）　　　（六四頁）

2初　そんな事にはかまはない。その内にやつと踊がおしまひになつたと思ふと、すぐに肘枕で、人の前でも何でも、長々と横になつてしまふ。さうして眼をふさぐかふさがないのに、死人のやうにぐつすり眠込んでしまふ——しかし、さう云ふ事は、年に何度と数へる程しかない。平吉は一升を越さない内は酔たやうな気がしないと云ふ男だからである。

単　そんな事にはかまはない。（以下なし）　　　（六九頁）

3初　書かせられた平吉程莫迦をみたものはない。……

それから……まだこんな事を書けばいくらでもある。しかしいくら書いても始まらない。何故かと云ふと、之は皆、平吉が拵へた嘘だからである。から云ふ嘘はどれでも、その場合場合で、話の序に出るともなく出てしまふ。誰も一々書いて置く者がないから、その当座だけで大抵は忘れられてしまふが、一しよにして見れば可成大きな嘘である。

兎に角、平吉はしらふではよく嘘をつく。所が酔ふと、妙に嘘が出なくなる。踊るのは踊りたいから踊るのである。眠るのは眠たいから眠るのである。さうしてその間だけは遠慮も気兼ねも忘れてゐる。気兼ねがないので嘘をつく気にならないのだか、嘘をつかないので気兼ねをしないのだか、それも平吉にはわからない。しかし酔つてゐる時に彼が別な人間になつてゐる事は確である。さうして、それが彼自身にとつても、何となく嬉しい事は確である。

しかし、酔つてゐる時が上等かと云ふとさうでもない。平吉が後で考へて、莫迦々々しいと思ふ事は、大抵、酔つた時にした事ばかりである。馬鹿踊はまだいゝ、花を引く、女を買ふ。どうかすると、書きも出来ないやうな事さへする。さう云ふ事をする自分が正気の自分だとは思はれない。結局Janusの神の首頭はどつちがほんとうともわからないのである。

単　書かせられた平吉程莫迦をみたものはない。……

これが皆、嘘である。平吉の一生（人の知つてゐる）から、これらの嘘を除いたら、あとには何も残らないのに相違ない。（以下なし）　（七四頁）

単行本は初出の文章を大幅に削除している。これほどの言語量に異同があることからすれば、両者を別の「本文」とみなすことはむしろ自然かもしれない。そのように考えると、初出を読んだ読み手と、単行本を読んだ読み手とは、違う作品を読んだようなものだ。

しかし、また、右のような異なりがあることがわかって、その異なりを注視すると、わかることもある。3では、初出は丁寧に説明をしているように思われる。単行本の「書かせられた平吉程莫迦をみたものはない。……」の「……」はそうした丁寧な説明をすべて飲み込んで、説明を省いたという「……」にみえる。もっともそうみえるのは、初出のかたちを向こう側に置いたからである。「……」が何程かの「省略」を示すことは一般的にはわかっている。しかし、初出にあって、単行本にない文章がその「省略」部分であるのだから、これほどの言語量を書かないということもあるのだ、ということを思わせる。これは「ビフォアー」と「アフター」とを対照して初めて、具体的につかめることである。

河野多恵子は『谷崎文学の愉しみ』（一九九三年、中央公論社）において、「谷崎文学は事柄の仕組によって成り立っているのではなく、印象の緊張し切った力の持ち合いによって成り立っているために、書かれた部分には書かれずに終った部分も同時にふくまれているともいえるのである」（一四頁）と述べている。3の単行本のかたちを最終的なかたち＝書かれたかたち、とみなせば、そこには初出にあった表現がない。そして、初出と単行本とを対照することによって、（ほんとうはいったん書かれているのだが、単行本のかたちだけをみるとすれば）「書かれずに終った部分」が可視化できることになる。

建物の改築は、使い勝手などがよくなることを目的として行なわれる。そして建物の使い勝手は、具体的なことがらであるので、狭くて不便だったスペースが改築によって大きくなった、など、結果がはっきりと「判定」できる。改築した結果、これまでなかった水漏れなどが発生したら、その改築は明らかに失敗している。しかし、文学作品の場合、それほどはっきりした「判定」の基準がないのではないか。改作後のほうがいいと評価する人と、いや改作前のほうがいい、と評価する人がいるのは、結局は「評価基準」が存在していないということを思わせる。だとすれば、それは判断をしている人の「好み」に限りなくちかい。

これまでも述べてきたが、本書では、書き換え前と書き換え後のどちらが「よい」か、あるいは書き換えた結果「どこがよくなったか」ということを話題にしようとしているのではない。そうではなくて、書き換え前と書き換え後とを、言語に注目して対照することによってわかることは何か、ということを話題にしている。そして、基本的には、書き換え前と書き換え後とを、ともに認め、一つの作品の「変異形＝バリエーション」ととらえることによって、作品理解の幅を広げることを目標としている。

井伏鱒二「山椒魚」

「山椒魚」は教科書にも採りあげられることがあり、よく知られた作品であるが、作品の終わりの箇所が大幅に書き換えられたことでも知られている。「山椒魚」は『文芸都市』第二巻第五号（一九二九年五月一日発行）に「山椒魚――童話」という標題で発表され、新興芸術派叢書『夜ふけと梅の花』（一九三〇年、新潮社）に副題をはずした「山椒魚」という標題で収められた。井伏鱒二は『井伏鱒二自選全集』第一巻（一九八五年、新潮社）に「山椒魚」を収めるにあたって、『夜ふけと梅の花』に収められている「本文」の末尾部分を大幅に書き換えた。『夜ふけと梅の花』のかたちを次に掲げる。後の説明のために、行に番号を附した。『夜ふけと梅の花』においては、漢字に振仮名が施されているが、引用にあたって振仮名を省いた。

1　一年の月日が過ぎた。
2 初夏の水や温度は、岩屋の囚人達をして鉱物から生物に蘇らせた。そこで二箇の生
3 物は、今年の夏いつぱいを次のやうに口論しつゞけたのである。山椒魚は岩屋の外に
4 出て行くべく頭が肥大しすぎてゐたことを、すでに相手に見ぬかれてしまつてゐたら
5 しい。
6 「お前こそ頭がつかへてそこから出て行けないだらう?」

「お前だつて、そこから出ては来れまい」

「それならば、お前から出て行つてみろ」

「お前こそ、そこから降りて来い」

(空白行)

更に一年の月日が過ぎた。二箇の鉱物は再び二箇の生物に変化した。けれど彼等は、今年の夏はお互に黙り込んで、そしてお互に自分の嘆息が相手に聞こえないやうに注意してゐたのである。

ところが山椒魚よりも先に、岩の窪みの相手は、不注意にも深い嘆息をもらしてしまつた。それは「あゝあゝ」といふ最も小さな風の音であつた。去年と同じくしきりに杉苔の花粉の散る光景が、彼の嘆息を教唆したのである。

山椒魚がこれを聞きのがす道理はなかつた。彼は上の方を見上げ、且つ友情を瞳に込めてたづねた。

「お前は、さつき大きな息をしたらう?」

相手は自分を鞭撻して答へた。

「それがどうした?」

「そんな返辞をするな。もう、そこから降りて来てもよろしい。」

「空腹で動けない。」

「それでは、もう駄目なやうか？」

相手は答へた。

「もう駄目なやうだ。」

よほど暫くしてから山椒魚はたづねた。

「お前は今どういふことを考へてゐるやうなのだらうか？」

相手は極めて遠慮がちに答へた。

「今でもべつにお前のことをおこつてはゐないんだ。」

右は、ほぼ教科書等に載せられている「かたち」である。これが『井伏鱒二自選全集』第一巻には次のような「かたち」で収められている。

　一年の月日が過ぎた。

　初夏の水や温度は、岩屋の囚人達をして鉱物から生物に蘇らせた。そこで二個の生物は、今年の夏いつぱいを次のやうに口論しつづけたのである。山椒魚は岩屋の外に出て行くべく頭が肥大しすぎてゐたことを、すでに相手に見ぬかれてしまつてゐた。

「お前こそ頭がつかへてそこから出て行けないだらう?」

「お前だつて、そこから出ては来れまい」

「それならば、お前から出て行つてみろ」

「お前こそ、そこから降りて来い」

(空白行)

更に一年の月日が過ぎた。二個の鉱物は、再び二個の生物に変化した。けれど彼等は、今年の夏はお互に黙り込んで、そしてお互に自分の嘆息が相手に聞こえないやうに注意してゐたのである。


つまり、『夜ふけと梅の花』所収の「かたち」の14~30行が削除された「かたち」に書き換えられている。ごく一般的に考えても、これだけの言語量が「あるとないとでは大違い」であるはずで、作品の「結構」にも影響があることはいうまでもない。作品の「結構」に影響があれば、「ビフォアーがいいかアフターがいいか」という議論になることも自然であろう。

例えば、「山椒魚」が収められている講談社文芸文庫『夜ふけと梅の花 山椒魚』(一九九七年)の「解説」を書いている秋山駿は「私は、この結末は切り捨てた方がよいと思う。

たしかに切り捨ててしまうと、作品としての結末が弱く、なんとなく未完了の印象を残すが、それでも切り捨てた方がよいと私は思う」（二七三頁）と述べており、「アフター派」ということになる。当然、「ビフォアー派」もいる。野坂昭如は『週刊朝日』（一九八五年十月二十五日号）の「窮鼠のたか跳び」「井伏鱒二小説「山椒魚」改変に異議あり」において、「もちろん井伏さんの作品の、ぼくは愛読者である。しかし、最後のところで、これを変更する、それが物書きの良心なんていわれると、冗談じゃないといいたい」、「しかし、ぼくらはどうなるのですか。井伏さんがお書きになった「山椒魚」で、どれほどの人間が、人生というものについて考えたか、お判りですか」と述べて、いわば書き換えに対して異議の申し立てをしている。

さて、何度か述べてきたように、本書では、「ビフォアーがいいかアフターがいいか」ということをおもな話題にしようとはしていない。そこで、別の観点からこの書き換えについて考えてみよう。

これも知られていることと思うが、この「山椒魚」の原型が『世紀』創刊号（一九二三年七月一日発行）に掲載された「幽閉」であることがすでに指摘されている。「幽閉」の「本文」は講談社文芸文庫『夜ふけと梅の花　山椒魚』に依ることにする。同文庫巻末には、文庫の「本文」についての簡略な説明があるが、「幽閉」については、「新たに「山椒魚」

の原型とみなされる「幽閉」一篇を増補した」とあるのみ。末尾には「すべて新かなづかいにして若干ふりがなを加えた」とあるので、『世紀』の「本文」を収めてあると考えるのが自然であろう。「幽閉」は『井伏鱒二全集』第一巻（一九九六年、筑摩書房）の冒頭に収められている。しかし、その出だしは「山椒魚は悲んだ。／――たうたう出られなくなつてしまつた。斯うなりはしまいかと思つて、私は前から心配してゐたのだが、冷い冬を過して、春を迎へてみればこの態だ！　だが何時かは、出られる時が来るかもしれないだらう。」となっている（傍線筆者）。後で述べるように、「幽閉」では「僕」が頻繁に使われている。この箇所も、後にあげるように「僕」が使われている。が、こともあろうに、全集の「本文」が「私」になっている。「え？」と思った。「幽閉」にも複数のバリエーションがあるのかと一瞬思ったが、よく調べてみると、これは全集の誤植であった。全集の「本文」には重みがある。この「本文」によって「幽閉」を初めて読んだ人もたくさんいるはずだ。そういう「読み手」は結果として、誰も望んでいない「書き換えられた作品」を読んだことになる。

さて、「原型」という表現が使われるのは、「幽閉」をかなり書き換えたものが「山椒魚」であるということを意味する。「幽閉」は『井伏鱒二全集』でいえば、五頁半ほどの小品であるが、「山椒魚」は八頁ほどであるので、そもそも「山椒魚」の言語量がかなり多い。したがって単純な対照はしにくい。

さて、「幽閉」を視野に入れると、まず「幽閉」があって、それを「原型」として「書き換え前のかたち」(以下「前」と略称)がつくられ、その結末を大幅に削除した「書き換え後のかたち」(以下「後」と略称)がつくられた。先には、書き換え前のかたちと書き換え後のかたちをバリエーションとしてとらえてみたらどうか、ということを述べた。それは、すべてのかたちが出揃った時点での「みかた」といったほうがよいかもしれない。今ここでは「前のかたち」と「後のかたち」について、もう少し細かく考えてみようとしている。そうすると、「順番」ということも考えにいれる必要がある。もしも、ほとんど同時に「幽閉」と「山椒魚(前)」とが書かれたのであれば、その二つは、同じ「種子」からの異なるアウトプット、つまりバリエーションといってよい。しかし、「山椒魚(前)」が発表されたのは、「幽閉」が発表されてから六年後のことである。六年が長いか短いかということもあるだろうが、すぐではないことはたしかで、そうすると、「幽閉」のかたちをいわば「ふまえて」「山椒魚(前)」が書かれたというのが自然であろう。そして「山椒魚(後)」は「山椒魚(前)」が発表されてから、五十年以上経ってから書かれたことになる。

「幽閉」の冒頭は次のようになっている。

1 山椒魚は悲んだ。
2 ——とうとう出られなくなってしまった。斯うなりはしまいかと思って、僕は前か
3 ら心配していたのだが、冷い冬を過して、春を迎えてみればこの態だ！　だが何時か
4 は、出られる時が来るかもしれないだろう。

2行では「僕」という語が使われており、「山椒魚」＝「僕」が基本的な「結構」となっている。一方、「山椒魚」の冒頭は次のようになっている。

1 山椒魚は悲しんだ。
2 彼は彼の棲家である岩屋から外に出てみようとしたのであるが、頭が出口につかへ
3 て外に出ることができなかつたのである。今は最早、彼にとつては永遠の棲家である
4 岩屋は、出入口のところがそんなに狭かった。そして、ほの暗かつた。

ここには「山椒魚」＝「僕」という「結構」がみられない。秋山駿は「幽閉」について「「僕」が心情を語るところの親しみ易い私小説的な文体」と述べる。「幽閉」では「山椒

魚」が心情を繰り返し語る。

—ああ悲しいことだ。だが、ほんとに出られないとすれば僕にも考えがある。

—僕もつい失念していたのだ。何うにかならないものだろうか？

—だが、何うにもならないことだ。僕程不幸な者は三千世界にまたとあろうか。

—露の玉や、苔の実や黴は、今僕にとって何んな関係があるか、またそれ等は僕に何を暗示しようとしているのであるか？


「幽閉」では幽閉されているのは「山椒魚」のみで、「山椒魚」は「岩屋の入口」から「まぎれこんで」きた「車えび」に「——兄弟静かじゃないか？」と話しかける。作品の末尾は次のようになっている。そこには「懐かしい友達」とあり、「兄弟」とある。「幽閉」には一貫してそうした「気分」が漂っているといってもよい。


山椒魚は今ねむりに陥ちようとしている。

淋しいとでもいい度い程の静けさにとり囲まれながら、その横腹には今は最早彼にとっては懐かしい友達に思われはじめた小さい肉片の小動物を泊らせながら。

――兄弟、明日の朝までそこにじっとして居てくれ給え。何だか寒いほど淋しいじゃないか？

しかし、「山椒魚（前）」においては、「山椒魚」は「小魚達」を「嘲笑し」、「なんといふ不自由千万な奴等であらう！」といい、「小蝦」を「虫けら同然のやつ」といい、「蛙」を「岩屋」に「閉ぢ込め」、「お前は莫迦だ」と罵る。そこには「幽閉」に漂っていたような「気分」はまったくない。こうした罵り合いの果てに「彼等はかゝる言葉を幾度となくくり返した、翌日も、その翌日も、同じ言葉で自分を主張し通してゐたわけである」とあり、一行の空白行をおいて、「一年の月日が過ぎた」と続く。その末尾でも、「山椒魚」は「蛙」と罵り合いをする。また一行の空白行をおいて、「更に一年の月日が過ぎた」と続く。そして「山椒魚」は「蛙」の「嘆息」を耳にする。それに続いて「山椒魚がこれを聞きのがす道理はなかつた。彼は上の方を見上げ、且つ友情を瞳に込めてたづねた」とある。「山椒魚（前）」では、ここでいわば突然に「友情」という語が使われる。それは作品最末尾の「今でもべつにお前のことをおこつてはゐないんだ。」という「蛙」のことばと呼応して、「和解」という表現で説明される「気分」である。しかし、「山椒魚（前）」においては異質な「気分」ともいえよう。「幽閉」を視野に入れれば、「幽閉」に漂っていた「気分」がここに現われているといういいかたもできるかもしれないが、「山椒魚（前）」では唐突かもしれない。したがって、このあたりを削除することによって、「山椒魚（前）」の「気分」は統一的になったといういうみかたはできる。

いくつものアウトプット

筆者が子供の頃に横山光輝の『鉄人28号』という漫画がはやった。テレビでも放送されるようになったが、そのテレビ版の主題歌に「敵に渡すな大事なリモコン」という歌詞があった。鉄人28号はロボットで、リモコン＝操縦器によって動く。だから、悪人がそのリモコンを手に入れて鉄人28号を操縦すると、鉄人28号は「悪の手先」になってしまう。実際にそういう話もあったように記憶している。

同じ鉄人28号がリモコンを操作する人の意志によって、いい働きをすることもあるし、そうでない働きをすることもある、ということは理解しやすい。人間の場合だと、いい面と悪い面とがある、というような表現がされる。「ジキルとハイド」というようないいかたもある。最近だと「多重人格」ということになるだろうか。

さて、文学作品の場合、「いい／わるい」をどのように判定すればよいのだろうか。文学研究者百人が自分の考え（感じ方）を述べたとして、百人すべてが「駄作」だというような作品が仮にあったとして、それはできが「わるい」といいやすいだろう。しかし、そういうことはむしろ珍しいことであろう。「いい」についても同じだろう。百人すべてが「優れた作品」だと認める作品はそうはないのではないか。文学賞の選考だって、選考委員すべてが「いい」と認める場合は多くはないだろう。つまり、文学作品に関しては、リトマス試験紙のような、評価項目ができあがっていて、その項目について、判断していけば、誰が評価しても同じ結果になるというような「状態」ではないということだ。そんなことは当たり前だろうといわれるかもしれない。しかしとにかくそういうことだ。

したがって、作者が自身の作品に手入れをした場合、「書き換え前」と「書き換え後」を「いい／わるい」という観点から述べることだってたやすいことではないように思う。文学作品の作者は作品のもとになる「着想」から作品をつくりあげていく、とごく単純に考えることにしてみよう。「着想」に言語によって「かたち」を与えなければならない。文学作品の場合、多くは「筋」をもっている。だから、「かたち」を与えるために使う語を書き換えると、「筋」が変わることがある。あるいは、「かたち」から読み手が受け取る「イメージ」が変わることがある。今ここでは、あまり定義をしないで「イメージ」ということばを使うことにする。もちろん「筋」や「イメージ」を積極的に書き換えるために、使う語を換えるということはあるだろう。しかし、そこまでの積極性なしに、使う語を換えるということだってあるだろう。語を換えた結果、読み手がとらえる「筋」や「イメージ」がどう変わるかということは、作者も読み手の立場になって考えればだいたいはわかるはずだ。だから、そういうこともできる。しかし読み手がどううけとるかは、結局は読み手の側のことがらであるのだから、作者は自身が使う語を換えるというところにまずは意識を集中させていると考えてもよい。「着想」をどのように言語によってアウトプットするかを考えているということだ。最初に言語化した時には、こういう語を使ってアウトプットした。その時に、こっちがいいかあっちがいいかと迷ったとすると、アウトプットは一つしかないわけなので、どちらかを選択せざるをえない。しかし選択されなかった語は作者の脳裡に残って「着想」のまわりを漂い続けるかもしれない。次に書き換えの機会があった時、この漂い続けていた、最初は退けられた語を使おうという気持ちになるかもしれない。その結果、「筋」や「イメージ」が変わる。

井伏鱒二の「幽閉」「山椒魚（前）」「山椒魚（後）」は、結局は「着想」のアウトプットのバリエーションといえるのではないだろうか。井伏鱒二は、小学生のために、「山椒魚」をリライトしている。その最後は次のようになっている。

それ　は　おもしろく　ない　けんくわ　でした。山椒魚　と　蛙　は　どちら

も　まけぬ　き　で、それ　から　のち　二年　も　三年　も　じっと　して　ゐた　と　いふ　こと　です。もう　この　ごろ　では、蛙　は　かちかち　の　ひもの　の　やう　に　なり、山椒魚　も　くちた　木　の　やう　に　なって　ゐる　こと　でせう。

このリライト版も「非和解」だ。そうすると、

幽閉（一九二三年）……和解
山椒魚（前）（一九二九年）……和解
リライト版（一九四〇年）……非和解
山椒魚（後）（一九八五年）……非和解

ということになる。このように整理すると、井伏鱒二が「和解」↓「非和解」と「筋」を変えたようにみえる。そう考えることもできる。しかし、それはもともと井伏鱒二の「着想」にあった二つの面で、どちらかを選択せざるをえないので、どちらかを選択していたということではないのだろうか。登場人物の内部に書き手を重ね合わせると自然に「やわ

らかな心持ち」が言語にでてくる、登場人物を外部から描写すると、「かわいた視点」が言語にでてくる、そういうことではないのだろうか。だから、読み手は、和解／非和解、どちらが好きかを話題にしてもいいし、欲張って「和解／非和解」を両方味わってもいいのではないか。焼き鳥は塩（あるいはタレ）に限るという人もいるだろうが、両方食べてわるいことはないはずだ。

第五章　詩はどのバージョンがよいと言える？——てふてふ・有明・あむばるわりあ

本章では書き換えられた詩作品を採りあげることにする。詩作品に限ったことではないが、ある文学作品Xがその「書き手」＝作者によって文学作品Yに書き換えられたとする。より具体的には、作品XのAという（あるまとまりのある）表現が、Bという（あるまとまりのある）表現に書き換えられたとする。表現Aに価値を認める「読み手」Gは書き換えられる前の作品Xが「よい」と感じるであろうし、表現Bに価値を認める「読み手」Hは書き換えられた作品Yが「よい」と感じるであろう。右では「価値を認める」「よいと感じる」という表現を使って説明したが、両者は結局は「読み手」の「好み」であるとみなすこともできる。そうだとすると、「作品Xを作品Yに書き換えた」という、そのことがらについて、ある人は評価できると述べ、ある人は評価できないと述べることは、右のような意味合いにおいては、当然のことといわざるをえない。文学研究が研究者個々人のとがらについて、どのような「枠組み」の中で論じればよいのだろうか。

筆者は文学研究者ではない。しかし、日本の大学の国文科あるいは日本文学科は、おおむね国語国文科であり日本語日本文学科である。現在筆者が勤務している大学の所属学科も日本語日本文学科である。そのような環境においては、日本語の研究と日本文学の研究とが、いわば「軒を連ねている」。「軒を連ねている」のだから、そこでは人の行き来や交流がある。

筆者が現在の勤務校に着任する前には高知大学にいた。そこはすでに国文科という「構え」ではなくなっていたが、そこで近代文学研究者や中国文学研究者と交流することができた。現在の勤務校には、近代文学を専門とする同僚が二人いる。現在の勤務校では、学生に卒業論文を必修科目として課している。そして口述試験を行なう。自身の専門外の論文の口述試験に臨席することはむしろ当然で、ずいぶん多く近代文学の口述試験に臨席してきた。そうした席において、あるいは他の場で、筆者は近代文学研究の「手ほどき」を受けてきたように思う。そして文学研究と言語研究とはどこが違うのか、ということはずっと考えてきていまだに答えを得られない問いといってよい。

言語の研究では「よい／わるい」という評価をすることはほとんどない。ある表現とある表現とを対照して、どちらがよくてどちらがわるいか、という述べかたはしない。いえるとすれば、どちらの表現形式がその時期に多く使われているか、ということだけといってもよい。したがって、筆者が述べる場合には、作品Xと作品Yとを対照して「どちらがよいか」を判定するのではなく、作品Xと作品Yとは「表現」ということに関して、どのような「違い」をもっているか、ということを述べることになる。本章においても、そうした述べ方をしていきたい。

安西冬衛「春」

安西冬衛《あんざいふゆえ》(一八九八〜一九六五)の一行詩「春」はよく知られている。

てふてふが一匹韃靼海峡を渡つて行つた。

安西冬衛は一九二〇年に、当時日本の租借地となっていた大連に渡り、一九二四年十一月には北川冬彦らと詩雑誌『亜』を創刊する。この『亜』の第一九号(一九二六年五月刊)に「春」という題名で掲載された詩は次のようなものであった。

てふてふが一匹間宮海峡を渡つて行つた。　軍艦北門の砲塔にて

つまりよく知られている「てふてふが一匹韃靼海峡を渡つて行つた。」はいわば改作後のかたちであった。この改作については、中川成美やエリス俊子によって、次のようなことが指摘されている。

①「ダッタン（韃靼）」から広大な土地が想起され、それが「たよりなげに舞う蝶の姿を喚起させる平仮名表記の「てふてふ」との鮮やかなコントラスト」を成す。
②「間宮海峡」と蝶との取り合わせより「韃靼海峡」と蝶との取り合わせのほうがスケールが大きく感じられる。
③「［d］音と［t］音を含む「ダッタン」という音が、蝶々のぎこちなく羽ばたく様子を思わせると同時に、「てふてふ」が喚起する［t］音、さらに「渡つて行つた」で繰り返される［t］音と連動して、この一行に独自のリズムを与えている」（エリス俊子）
④「切り詰めた構成をもつこのテクストに、詩人の目の存在を示唆するような但し書きは不要である」（エリス俊子）

①〜④は「なるほど」と思わせる。その一方で、そうだとすれば、最初に発表された「てふてふが一匹間宮海峡を渡つて行つた。　軍艦北門の砲塔にて」は、スケールも感じられず、音の連動もリズムもなく、不必要な「但し書き」があり、ずいぶんとできがよくないままに発表されたということになる。そうなのだろうか。詩はどのような観点から評価すればよいのか、評価されるべきなのか。詩を評価する基準＝スケールとは何か、そういうことが十分に明らかになっていないということはないだろうか。

右の書き換え、改作について①〜④を認めれば、書き換え前の「原作」は①〜④に関して、「不出来」だと評価せざるをえない。しかし、書き換えられたかたちを目にしていない時点で、例えば「てふてふが一匹間宮海峡を渡つて行つた。」という一行詩について、「間宮海峡」という語が［t］音も［d］音も含んでいないところが物足りない、という評価ができるのだろうか。そういう評価のしかたはできないのではないか。あるいは「韃靼海峡」という語が提示されていない時点で、「間宮海峡」ではスケールが小さいから、もっとスケールの大きさを感じさせる海峡名を使うべきだった、という評価がはたしてできるだろうか。「詩には音声的な工夫が必須」でそれがない詩は「不出来な詩」であるという「評価基準」があるのであれば、たしかに「てふてふが一匹間宮海峡を渡つて行つた」にはそうした工夫が稀薄であるから出来としてはよくない、と評価できる。しかしそうでなければ、右の①〜④は、「書き換えられたかたちを書き換え前のかたちと対照するといえること」にとどまるはずで、それはそれでよいともいえるが、「書き換え後は必ず書き換え前よりもよくなっている」という前提のもとの評価にみえなくもない。評価するためには、「評価基準」が絶対に必要なのであって、そのことはきちんと意識しておきたい。

このように、書き換え後の詩のかたちと書き換え前の詩のかたちとのいずれが優れているかということはにわかには判断できないので、まずはどこが異なるかということをきちんと把握することを心掛け、次には、もしも書き換えの理由が（幾分なりとも）推測できる場合には、それを述べることにしたい。

蒲原有明「朝なり」

蒲原有明（一八七五〜一九五二）の「朝なり」は、まず『明星』の明治三十八年一月号に発表され、第三詩集である『春鳥集』（一九〇五年、本郷書院）に収められている。昭和二十二（一九四七）年には『春鳥集』の改訂版が出版されている。それ以前に、大正十一（一九二二）年にアルスより出版された『有明詩集』に「朝なり」は収められており、その際にかなり書き換えられているので、『有明詩集』のかたちを下段に示した。

『春鳥集』

朝なり、やがて濁川《にごりかは》
ぬるくにほひて、夜《よる》の胞《え》を
ながすに似たり。しら壁に——
いちばの河岸《かし》の並《な》み蔵《ぐら》の——
朝なり、湿める川の靄。

川の面《も》すでに融《と》けて、しろく、
たゆたにゆらぐ壁のかげ、
あかりぬ、暗きみなぞこも。——
大川《おほかは》がよひさす潮《しほ》の
ちからさかおすにごりみづ。

『有明詩集』

朝なり、やがて濁川《にごりがは》
ぬるくにほへど、夜《よる》の胞《え》を
たゆらに運《はこ》ぶおぼめきに、
なほも市場《いちば》の並《な》み蔵《ぐら》の
壁《かべ》にまつはる川の靄《もや》。

朝なり、——やがて、ほのじろく、
水面《みなも》に映《うつ》る壁のかげ、——
明《あか》りぬ、くらきみなぞこも、——
大川《おほがは》づたひ、さす潮《しほ》の
ちから逆押《さかお》すにごりみづ。

流るゝよ、ああ、瓜《うり》の皮、
核子《さなご》、塵わら。――さかみづき
いきふきむすか、靄はまた
をりをりふかき香《か》をとざし、
消えては青く朽ちゆけり。

こは泥《ひぢ》ばめる橋ばしら
水ぎはほそり、こはふたり、――
花か、草びら、――歌女《うたひめ》の
あせしすがたや、きしきしと
わたれば嘆く橋の板。

いまはのいぶきいとせめて、
饐《す》えてなよめく泥《どろ》がはの
靄はあしたのおくつきに
冷えつつゆきぬ。――鷗鳥

流るるよ、ああ、瓜《うり》の皮、
核子《さなご》、塵わら、――さかみづき、
いきふき蒸《む》すか、靄は、また、
をりをり、あをき香をくゆし、
滅《き》えなづみつつ朽《く》ちゆきぬ。

水際《みづぎは》ほそりつらなみて、
泥《ひぢ》ばみたてる橋ばしら、
さては、なよべるたはれ女《め》の
ひとめはばかる足《あし》どりに、
きしきし嘆《なげ》く橋の板《いた》。

いまはのいぶき、いとせめて、
饐《す》えてなよめくどろ川の
靄はなごりの夢かとも、
褪《あ》せゆくひまを、鷗《かもめ》どり

あげしほ趁《お》ひて、はや食《あさ》る。

濁《にご》れど水はくちばみの
あやにうごめき、緑練《みどりね》り、
瑠璃の端《は》ひかり、碧《あを》よどみ、
かくてくれなゐ、――はしためは
たてり、揚場《あげば》に――女《め》の帯や。

青ものぐるま、いくつ、――はた、
かせぎの人ら、――ものごひの
空手《むなで》、――荷足《にたり》のたぶたぶや、
艫《とも》に竿《さを》おし、舵《かぢ》とりて、
舳《へ》に歌を曳《ひ》く船《ふな》をとこ。

朝なり、影は色めきて、
かくて日もさせにごり川、――

あげじほ趁《お》ひて、飛《と》びあさる。

にごれど水は、くちばみの
あやにうごめき、緑練《みどりね》り、
瑠璃《るり》の端《は》ひかり、碧《あを》よどみ、
揚場《あげば》の杭《くひ》にまつはりて、
いろめきたちぬ、やうやうに。

青ものぐるま、いくつ、――はた、
かせぎの人ら、――ものごひの
空手《むなで》、――荷足《にたり》のおもき脚《あし》、――
艫《とも》に竿押《さをお》し、舵《かぢ》とりて、
舳《へ》に歌を曳《ひ》く船《ふな》をとこ。

朝なり、――影は色めきて、
かくて日もさせ、にごり川、――

朝なり、すでにかがやきぬ、
市ばの河岸《かし》の並《な》みぐらの
白壁《しらかべ》――これやわが胸か。

朝なり、――なべてかがやきぬ、
市場の河岸の並《な》み蔵《ぐら》の、
そのしら壁も、――わが胸も。

『有明詩集』に附されている「有明詩集自註」ではこの作品について「江戸橋から荒布橋、あの辺を綜合した情調に依つた」と記されている。この「朝なり」は、昭和三（一九二八）年に刊行された『有明詩抄』（岩波文庫）に収められるが、そこでは『有明詩集』とも異なるかたちで収められている。12行目の「杮」は実際には「柿」と印刷されている。そして「朝なり」は昭和二十五（一九五〇）年に酣燈社から刊行された『有明全詩抄』に収められるが、そこではまた異なるかたちになっている。それを下段に示す。『有明全詩抄』10行目の「逆押」の振仮名は「ちかお」となっているが、「ち」は誤植と判断した。『有明全詩抄』12行目にはやはり「柿」が印刷されている。

『有明詩抄』

朝なり。やがて川筋《かはすぢ》は

『有明全詩抄』

朝なり。やがて川筋《かはすぢ》は

ほのじらめども、夜《よる》の胞《え》を
運《はこ》び徘徊《もとほ》るくぐもりに、
市場《いちば》に列《なら》ぶ土蔵《つちぐら》の
壁もおぼめく川の靄《もや》。

朝なり。やがて明方《あけがた》の
河岸《かし》のけしきは動き出で、
堀江《ほりえ》づたひに差《さ》す潮《しほ》の
きざし早《はや》くも催《もよほ》せば、
逆押《さかお》し上《のぼ》す濁《にご》り水《みづ》。

見よ、流るるは瓜《うり》の皮《かは》、
核子《さなご》、塵藁《ちりわら》、杮屑《こけらくづ》。
滅《き》えもなづめる朝靄《あさもや》の
絶間《たえま》を群《む》れて鷗鳥《かもめどり》、
何を求《あさ》るか飛び交《ちが》ふ。

ほのじらめども、夜《よる》の胞《え》を
流しもとほるくぐもりに、
河岸《かし》の並《な》み蔵《ぐら》、白壁《しらかべ》の
壁もおぼめく朝の靄《もや》。

朝なり。やがて明《あ》けぎはの
河岸《かし》のけしきは動き出で、
堀江《ほりえ》づたひに差《さ》す潮《しほ》の
きざし早くも催《もよほ》せば、
逆押《さかお》し上《のぼ》す濁《にご》り水。

見よ、ただよふは瓜《うり》の皮、
核子《さなご》、塵藁《ちりわら》、杮《こけら》くづ。
滅《き》えがてにする朝靄《あさもや》の
たえまを群《む》れて鷗鳥《かもめどり》、
何を求《あさ》るか、飛び交《ちが》ふ。

また此方《こなた》にはつらなみて
黒ずみたてる橋柱《はしばしら》。
人目《ひとめ》はばかる女等《をみなら》の
ひそめきあひて、足《あし》ばやに
渡れば軋《きし》む橋の板。

水は濁《にご》れど、蛇《くちなは》の
文《あや》にうごめき、——緑《みどり》練《ね》り、
瑠璃《るり》の端《は》ひかり、碧《あを》よどみ、
揚場《あげば》の杙《かし》にまつはりて、
蜿《うね》り色めき溢《あふ》れくる。

青物車《あをものぐるま》いくつ。——はた、
稼《かせ》ぎの人等《ひとら》。——乞丐《ものごひ》の
空手《むなで》。——魚荷《うをに》の押送《おしおくり》。——

またこなたには、つらなみて
黒ずみたてる橋柱《はしはしら》。
人目《ひとめ》はばかる女《をみな》らの
ひそめきあひて、足《あし》ばやに
渡れば軋《きし》む橋の板。

水は濁れど蛇《くちばみ》の
文《あや》にうごめき、——緑《みどり》練《ね》り、
瑠璃《るり》の端《は》照らし、碧《あを》を彩《た》み、
揚場《あげば》の杙《かし》にまつはりて、
蜿《うね》り、色めき、溢《あふ》れくる。

青物車《あをものぐるま》いくつ。——はた、
稼《かせ》ぎの人ら。——もの乞ひの
空手《むなで》。——魚荷《うをに》の押送《おしおくり》。——

さては荷足《にたり》の脚重《あしおも》く
竿《さを》さし上《のぼ》る船夫《ふなをとこ》。
朝なり。繁《しげ》き営《いとな》みの
人《ひと》の生映《ようつ》す濁川《にごりがは》。
朝なり。河岸《かし》の土蔵《つちぐら》も
かがやき出でぬ。——今日《けふ》もまた
かくて闢《ひら》くるわが「想《おもひ》」。

さては荷足《にたり》の脚重《あしおも》く、
竿《さを》さしなづむ船をとこ。
朝なり、繁《しげ》き営《いとな》みの
人の生映《ようつ》す濁川《にごりがは》。
朝なり。河岸《かし》の並《な》み蔵《ぐら》も
かがやき出でぬ。——今日《けふ》もまた
かくて闢《ひら》くるわが想《おもひ》。

かくて、「朝なり」には四つのかたちがあることになる。こうなると、詩の作者の手入れであっても、書き換え前より書き換え後が（つねに）「よいかたち」とは単純にみなすことができなくなるはずだ。「ぬるくにほひて、夜《よる》の胞《え》を／ながすに似たり。しら壁に——」（『春鳥集』）と「ぬるくにほへど、夜《よる》の胞《え》を／たゆらに運《はこ》ぶおぼめきに、」（『有明詩集』）とを比べた時に、前者よりも後者が「よいのだ」という（誰もが納得するような）説明はむずかしそうなことがすぐにわかる。
　まずできることは書き換え前と書き換え後とで何が（言語表現として）変わっているか

という「事実の把握」である。例えば、8行目は『春鳥集』では「あかりぬ、暗きみなぞこも。——」、『有明詩集』では「明《あか》りぬ、くらきみなぞこも、——」となっているが、両者の発音は同じである。つまり朗読をすれば、同じである。しかし、漢字と仮名の使い方が異なり、「みなぞこも」の後ろに、『春鳥集』では句点が置かれ、『有明詩集』では読点が置かれている。その違いは、結局は句点と読点の機能の違いとして説明することはできるが、それ以上の説明は難しいのではないか。しかし説明ができないとしても、それは作者による「書き換え」点の一つである。8行目にはどちらのテキストにおいても、漢字が一つだけ使われている。その使う語が両者で異なる。その説明も難しい。わたしたちは、わたしたちが思っているほど、詩がよめていないということはないのだろうか。

一作品の四つのかたち

書き換え前と書き換え後とを比べて、どちらが「よい」かということを考えるのではなくて、四つのかたちを一つの作品ととらえてみることによってわかってくることが少なくない。

『春鳥集』の6行目の、七音＋六音のような、いわゆる「字余り」もあるが、基本的には「朝なり」は、七五調（七音＋五音）で一行を、その五行で一連を形成するかたちでつくられている。『春鳥集』と『有明詩集』とでは八連、『有明詩抄』と『有明全詩抄』とでは七連の構成となっている。

作品中に句読点及び「――」の使用がみられる。これらは改めていうまでもないが、詩をかたちづくる「音《おん》」とはとらえられていない。つまり「七音＋五音」の「音」として数えられていない。句読点がこの作品において、ひいては詩作品（詩的言語）においてどのように機能しているか、を明らかにすることは重要であるが、今ここでは一般的な機能と同じように働いていると考えておくことにする。そう考えると、『春鳥集』の第一連には句点が二つ使われているので、二文を五行に配置していることになる。一方『有明詩集』では句点は一つで、一文を五行に配置していることになり、一連の、両テキストの文の配置は異なる。

『春鳥集』の第二連を使って説明してみよう。句読点の機能を「切れ目表示」ととらえた時に、句点は文の終わりに、読点は軽い切れ目に置くというのが一般的な使い方であろう。今、句点を「強い切れ目」、読点を「弱い切れ目」とみて、それぞれを●と○とで表示し、七音、五音のまとまりを「｜」で、行の切れ目を＊で示すことにする。

川の面《も》すでに｜融《と》けて○しろく○｜＊たゆたにゆらぐ｜壁のかげ○｜＊

あかりぬ○暗き―みなぞこも●―――＊大川《おほかは》がよひ―さす潮《しほ》の―＊
ちからさかおす―にごりみづ●―＊

「○―＊」は詩の行末に読点（○）が置かれ、かつそこが七音、五音の切れ目であることを示しており、同様に「●―＊」は詩の行末に句点（●）が置かれ、かつそこが七音、五音の切れ目であることを示している。これらにおいては、七音五音の切れ目、句読点の使用位置、行の切れ目が一致していることになる。句点（●）までが文としてはひとまとまりということになるが、そのひとまとまりの文の切れ目が、つねに詩の行末に位置しているかといえば、そうではないことがわかる。8行目の「――」は文の切れ目の後ろに置かれており、そこで8行目が終わる。この「――」の働き、機能を説明することも難しそうだ。

『春鳥集』18行目では「歌女《うたひめ》」という語が使われている。「ウタイメ（歌女）」の語義は、〈歌などでその場の興を助けるのを業とする女〉であるが、『有明詩集』では対応しそうな箇所で「たはれ女《め》」という語が使われ、『有明詩抄』では「人目《ひとめ》はばかる女等《をみなら》の」、『有明全詩抄』では「人目《ひとめ》はばかる女《をみな》らの」となっており、「ウタイメ」が「タワレメ（戯女）」をイメージしたものであったことが窺われる。「女等《をみなら》」「女《をみな》ら」と複数となっているが、それは『春鳥集』に「こはふたり」とあることから、最初から二人の女をイメージしてこの場面が描写されていることもわかる。

『春鳥集』『有明詩集』の第六連（26〜30行）、『有明詩抄』『有明全詩抄』の第五連（21〜25行）は対応していると思われるが、『春鳥集』『有明詩集』の26行では「くちばみ」とあり、『有明詩抄』では「蛇《くちなは》」、『有明全詩抄』では「蛇《くちばみ》」となっており、蒲原有明の「心的辞書」には、「クチバミ」「クチナハ」が交換可能な語として「格納」されており、かつそこには「蛇」という漢字（列）が結びつけられていることが窺われる。先に引用した「有明詩集自註」をそのまま受けいれるとすれば、この詩の場面となっている「濁川」は大川＝隅田川ということになり、その濁った水を蛇の「うごめき」、（おそらくは蛇の色としてとらえた）「緑」「瑠璃」「碧」と重ね合わせて表現したものが当該連と思われる。「揚場」は〈荷を陸に揚げる場所〉であるので、大川のところどころに設けられた船着き場のような所の謂いであろうが、その「揚場」に立つ「はしため」のイメージが「濁川」「蛇」と重ね合わされ、結びつけられている。「結びつけられている」というのは、さらにいえば、蒲原有明の内部において結びついている、ということだ。『有明詩集』『有明詩抄』『有明全詩抄』ではそうした女性のイメージが語としては表現されていないために、「揚場《あげば》の杙《かし》にまつはりて、／蜿《うね》り色めき溢《あふ》れくる。」がどういうことの描写なのかがすぐにはわかりにくい。しかしそれは、『有明詩集』『有明詩抄』『有明全詩抄』の第四連の描写と呼応するものとしてうけとめるべきであったことも、こうして四つのかたちをみわたすことによって、はっきりとわかる。

「四つのかたち」は、この作品のテーマとなっている蒲原有明のイメージを、言語によって表現した時の「四つのかたち」であって、他にもまた異なるかたちがあるかもしれないが、それを考えないとすれば、詩作者によって、提示された「可能性のすべて」といってもよいかもしれない。それは自身のもつイメージに言語によって「かたち」を与えることとは単純なことではなく、ある時はAという語によってかたちを与えたとしても、ある時にはBという語がふさわしいと感じるかもしれない。こちらの語をCに変えると、その語との兼ね合いで、こっちの語はDでなければならないと感じるかもしれない。それは結局、あることがら、あるイメージを言語化するにあたってのモデルといってもよく、幾つかの語がつねに選択肢としてある状態でもある。そして、ある場合には、ABC三つの語を使って言語化したことがらを、ある場合には、AB二つの語で言語化するということもあろう。この場合、詩作品の読み手は、使われなかったCを詩作品全体から感じとることができなければ、当該の詩作品がうまく理解できないことになる。詩作品を「よむ」ということは、このように、たぶんに飛躍的な詩作者の言語化に自身の理解を重ね合わせていくということとともいえよう。それは詩作者の「心的辞書」と読み手自身の「心的辞書」をぶつけ合わせることであるかもしれない。

「四つのかたち」は「四つの選択肢」でもある。作者の選択肢を知ることによって、詩作品は格段にわかりやすくなる。書き換えられた詩作品をよむことには、料理人の台所を見るようなおもしろさがある。

西脇順三郎『Ambarvalia』と『あむばるわりあ』

西脇順三郎の詩作品を初めてよんだのはいつ頃だったのだろうか。はっきりとした記憶がない。例えば筑摩書房から出版されている高等学校国語科用の教科書である『精選現代文 改訂版』(二〇一二年)には『Ambarvalia』(一九三三年、椎の木社)に収められている「眼」という作品が採りあげられているので、あるいは高校生の頃に教科書で接したのかもしれない。

そもそも「Ambarvalia」って何? という感じだった。復刻版『Ambarvalia』(一九九四年、恒文社)に添えられた別冊「近代人の憂鬱」(西脇順三郎執筆)において、「この詩のタイトル Ambarvalia「アムバルワーリア」はケレースという古代羅馬人の農業の女神を祭る儀式のことであり、このことは羅馬詩人ウエルギリュースの書いた「農業詩」の第一章の中に出ている。私は若い時から土俗学に興味があって古代人の宗教に対して非常に詩的なあこがれをもっていたために近代人にはわからないような名をつけたのであり、これも肉体のエラーの一つであった。タイトルはそうであっても近代人の憂欝がその材料となっている」と述べられている。そうであるならば、高校生であった筆者にはわからなくてもよかったのだった。「わからないような名」を詩集のタイトルとし、「近代人の憂欝」を作品の「材料」として詩作をしているということは、わかりやすい、「ストレートな」作品ではなく、何程かわかりにくく、象徴的な作品であると考えるのが自然である。

西脇順三郎は、第二次世界大戦後の昭和二十二（一九四七）年八月に『あむばるわりあ』と題した詩集を刊行する。西脇順三郎は、『あむばるわりあ』の末尾に添えられた「詩情（あとがき）」と題された文章の中で、「この詩集を再版するに当り、少し回想してみる必要があつた。この詩の多くは二十年以前の自分の経験を詩的に表現したのであつた」と述べ、「再版」という表現を使用している。そして、「この詩を今読んでみると自分の心境が移りかはつたことがわかる。それで再版に際して、残念ながら、その荒々しい言葉使ひ、その乱暴にも不明にされてゐる点を訂正するのであつた。また順序も整頓しようとした。またその数十行を切り取り、また数十行を新たに加へた点もあつた」と述べている。つまり、『Ambarvalia』を書き換えたものが『あむばるわりあ』ということになる。

『Ambarvalia』が刊行された一九三三年の十四年後に刊行された『あむばるわりあ』でどのような書き換えがなされているのか、「眼」を例として観察してみよう。

『Ambarvalia』

1 白い波が頭へとびかゝつてくる七月に
2 南方の奇麗な町をすぎる。
3 静かな庭が旅人のために眠つてゐる。
4 薔薇に砂に水
5 薔薇に霞む心
6 石に刻まれた髪
7 石に刻まれた音
8 石に刻まれた眼は永遠に開く。

『あむばるわりあ』においては「眼」と題された作品はⅠとⅡとに分かれている。その両方を示すことにする。

『あむばるわりあ』

I

ざくろの花の咲く頃
ある美しい町をすぎる
うす暗い小さい店にアナトル・フランスの
やうな老人が古銭を売つてゐた

（ここまで一〇頁）

表に女神の首があり
裏に麦の穂にひばりのとまる
金貨がないかときいてみた
そんなものはありませんよ

それは何国の造りしものか
夜明けの空の黄金の中から

女神の眼《まなこ》
ひばりの眼《まなこ》
の永劫に開かれてゐる
この小さい永劫の世界の　（ここまで一一頁）
両面に夜明けのしらむ
この夜明けは永劫に去らず
この両面は天と地との現れ
天には女神ありアフロディーテ
夜明けの明星となる
地にはひばりあり春の夜明けの笛
太陽は永遠に来たらんとして来たらず
永遠に光るも地平を越えず
永遠の夜明の世界
昼と夜との間に生れた蒼白たる
永遠の世界　（ここまで一二頁）
扁平な小さい立体の世界に

永劫の春永劫の夜明けとどまる
神　女　恋　小鳥の声　穀物　黄金
永劫に去ることなし
この失落の園を歩む旅人の
よろめく此の失き古銭の思ひに

II

白い波が旅人の頭にとびかかる頃
ある南国の美しい古都をすぎる
町のはづれに荒れはてた庭
野ばらに砂のかかる
水に蘆の茎のうつる
此の静かに眠る庭に
刻まれた石の傾《かたむ》く
如何なる古のむつごとのロマンスか
忘らるる

（ここまで一一三頁）

石に霞む心のみ
石に刻む髪のにほひ
石に刻む牧笛の音《ね》
石に刻むえびかづらの色
も今は幽《かすか》なるのみ
ただ
石に刻まれた眼の開き
永劫の夢にうるむ

（ここまで一四頁）

『Ambarvalia』の「眼」に直接的に対応するのは『あむばるわりあ』の「眼」のⅡであることはすぐにわかる。しかし、『あむばるわりあ』において、ⅠとⅡとのいわば「総体」に「眼」という題名が付されているとみれば、ⅠとⅡとはセットとして存在していたとみることもできるだろう。そうだとすれば、『Ambarvalia』の「眼」の背後には、作品としては描出されていないⅠのようなものがそもそもあったと考えることもできる。

『Ambarvalia』を書き換えたものが『あむばるわりあ』であるとなると、どちらが「よい」かという「判定」をしたくなるのが「人情」で、先に引いた、復刻版に附された別冊に収められた木下常太郎の「解説」は「前者（引用者補：『Ambarvalia』のこと）の詩美の方がはるかに高い」と述べ、さらに、『あむばるわりあ』には「沈んだ、幽暗な、近代的なもののあわれに満ちた詩情が支配的傾向として現れてきたのである」と述べる。

しかしそのように両者の優劣を決めようとするのではなく、詩作者がどのようなイメージをもっていたかを探ろうとする場合には、『あむばるわりあ』の言語量はいろいろなことを教えてくれる。

例えば、『Ambarvalia』の4・5行目はわかりやすいとはいえないが、『あむばるわりあ』のⅡの4行目以下をみると、「薔薇に砂に水」は、例えば「野ばらに砂のかかる／水に蘆の茎のうつる」のようにパラフレーズできる表現であるとみることができるし、5行目の「薔薇に霞む心」はさらにわかりにくいが、『あむばるわりあ』のⅡの10行目をみると、「薔薇」と以後に続く「石」のイメージのいわばオーバーラップであるようにみえる。『Ambarvalia』においては、「石に刻まれた」のは「髪・音・眼」であるが、『あむばるわりあ』をみると、「髪」は「髪のにほひ」と、「音」は「牧笛の音」とパラフレーズされ、さらに「えびかづらの色」も刻まれていた。「髪のにほひ」は「古のむつごとのロマンス」を思わせ、Ⅰの「女」「恋」とも呼応する。「髪（のにほひ）」は嗅覚、「（牧笛の）音」は聴覚にかかわることがらで、それに視覚にかかわる「えびかづらの色」を加えることによって、嗅覚・聴覚・視覚にわたる表現となった。

『Ambarvalia』と『あむばるわりあ』とは別の詩集だというみかたはもちろん成り立つ。それが自然なとらえかたでもある。ここでは両詩集を詩人のイメージがある時は『Ambarvalia』のようなかたちをとって言語化され、ある時は『あむばるわりあ』のようなかたちをとって言語化された、ととらえてみた。先に紹介した『精選現代文 改訂版』では、「眼」について、「「石に刻まれた眼は永遠に開く。」(二四四・8)とはどのようなことか、作品全体の情景を思い浮かべながら考えてみよう」という課題が出されている。難しい問いといってよいだろう。『あむばるわりあ』では「石に刻まれた眼の開き/永劫の夢にうるむ」とあって、「石に刻まれた眼は永遠に開く。」という表現が読み手に与える「硬質な印象」とは趣の異なる表現になっている。それは「夢」「うるむ」という語からもたらされていると考えるが、それは『Ambarvalia』の時点ですでにそうであって、それを読み手が受け取りにくかったのか、そうではなくて、『あむばるわりあ』の時点での「変更」なのか、それはわからないけれども、書き換えられた詩作品をもともとのかたちと対照しながら「よむ」ことによって、いろいろなことに気づくことはたしかだ。

四章では「作者が書き換えた文学作品」について、五章では「書き換えられた詩作品」

を採りあげた。いずれも、書き手＝作者が自らの手で自らの作品を書き換えた場合にあたる。書き換え前＝原作と書き換え後＝リライト版とをきちんと対照することで、いろいろなことがわかる。そして、原作とリライト版とについて、「どちらがいいか」と考えるのではなく、異なるバージョンととらえることによって、「よみ」の可能性もひろがっていく。

次の第六章では、少年少女向けの書き換えについて考えてみたい。

第六章　少年少女のために——乱歩の場合その他

子供の頃に少年少女向けの文学全集などで、文学作品を読んだことのある方は多いだろう。筆者は、実家の風呂場の前の廊下に、文学全集が置かれていて、それを読んでいた記憶がある。どの出版社のものだったか、記憶がなく、実家にもそれが残っていないので、インターネットでいろいろと画像を調べてみたところ、おそらく講談社から出版された『少年少女世界文学全集』全五十巻だっただろうということがわかった。記憶では日本文学作品も読んでいたので、『少年少女日本文学全集』もあったのではないかと思ったが、どうもそうではなくて、この『少年少女世界文学全集』の数巻が日本文学にあてられていた、ということのようだ。

少年少女向けの書き換え＝リライトは珍しいことではない。リライトにはさまざまなやりかたがあることが推測される。日本語ではない言語によって書かれた文学作品であれば、少年少女向けに「翻訳」をするということもあるだろうし、日本語に翻訳されているものをさらに少年少女向けに書き換えるということもあるだろう。日本語で書かれた文作作品の場合であれば、その日本語をさまざまな面で、少年少女向けに書き換えることになるはずで、本章では、その「さまざまな面」を具体的にみていこうと思う。

ここまで文学作品に「書き換えを促す何か」が内包されていて、その「何か」に突き動かされて書き換えをするということが、書き換えの根底にあると考えてきた。

第一章で扱った古典文学作品の場合、その「何か」が時代を超えて受け継がれていくとみることができるし、第二章で扱った「翻案」の場合もその「何か」が言語や文化の違いを超えて書き換えを促しているとみることができる。第四章、第五章は書き手自身がもっていた「可能性」あるいは「選択肢（で選択されなかったもの）」がバリエーション、異なるバージョンとして姿を現したとみることができる。少年少女向けの書き換えはそのような書き換えとは少し異なり、少年少女という読み手を想定した上でのリライトということになる。

書き換えられた文学作品は書き換えられる前と異なっていることはいうまでもないが、それでも同じものだとみているからこそ、書き換えが成り立っているともいえよう。これは外国文学の「翻訳」の場合も同様だ。もともと中国語で書かれている『水滸伝』を日本語に翻訳しても、相変わらず『水滸伝』と呼ぶことができるのは、言語は移し換えられたが、作品の「内容」は変わっていないとみなされているからだ。今ここでは便宜的に括弧付きで「内容」と呼んだが、それは何と呼ぶのがふさわしいのだろうか。そうしたことも考えてみたい。

ポプラ社『少年探偵　江戸川乱歩全集』

かつて夢中になって読んだものの中にポプラ社から刊行されていた『少年探偵　江戸川乱歩全集』全四十六巻がある。『妖怪博士』(第二巻)、『青銅の魔人』(第四巻)が一九六四年七月に、『怪人二十面相』(第一巻)、『少年探偵団』(第三巻)、『大金塊』(第五巻)が同年八月に出版されている。筆者が六歳の時のことだ。筆者の父は石巻の出身だったので、小学校三年生ぐらいまでだったと記憶するが、毎年夏休みに帰省する父に連れられて石巻に行っていた。当時の石巻は田舎の漁港で、遠洋漁業も行なっていたように思う。仙台まで特急に乗り、仙台から石巻までは仙石線に乗るのだが、とにかく時間がかかる。小学校の一年生や二年生にはおそろしく遠いという印象だった。その長旅をなんとかこらえさせるためだったのだろう、帰省する前には、横浜あたりの大きな書店(おそらく伊勢佐木町にあった有隣堂という書店)に連れていってもらって、五冊までは本を買ってよい、というような感じで本を買ってもらった。その時にまとめて買ってもらった記憶があるのが、この少年探偵のシリーズだ。今見ても少し不気味な感じのする表紙の絵は、当時はすごく怖い印象で、第四巻の『青銅の魔人』の恐ろしい表紙は鮮明に覚えている。

この少年探偵のシリーズは、二十七巻の『黄金仮面』から四十六巻の『三角館の恐怖』までが少年向けのリライト版となっている。例えば「暗黒星」と「二銭銅貨」を収めた『暗黒星』（三十七巻）の「はじめに」では「「二銭銅貨」は、わたしがいちばんはじめに発表した小説で、こんどこれを少年諸君のために、新しく書きなおしたものです」とあり、江戸川乱歩を著者として出版されているので、乱歩自身の手によるリライトのように思われるが、他の「書き手」によるリライトであることがはっきりと指摘されている作品も少なくない。ここでは、乱歩によるリライトか、他者によるリライトかということではなく、どのように書き換えられているかということに注目したい。

「二銭銅貨」の場合

「二銭銅貨」は『新青年』春季増大号（第四巻第五号、大正十二年四月一日号）に発表されている。乱歩自身が「わたしがいちばんはじめに発表した小説」と述べているように、活字化された最初の作品である。『少年探偵37　暗黒星』（一九七一年、ポプラ社）に「暗黒星」とともにリライトされた「二銭銅貨」が収められている。以下では「原作」と「リライト版」という呼び方で両者を区別する。氷川瓏《ろう》（渡辺祐一）によるリライトであると指摘されている。ファンタジー作家のひかわ玲子は瓏の姪にあたる。

原作では「私」が物語を語る形式になっているが、リライト版の冒頭には「この物語は、名探偵明智小五郎が、まだ学生だったころのお話である」（リライト版は漢数字以外の漢字にはすべて振仮名が施されているが、引用に際して振仮名は省いた）とあって、「私」が「明智（小五郎）」ということになっている。

明智小五郎が初めて登場するのは『新青年増刊』（大正十四年一月）に発表された「D坂の殺人事件」である。この作品を含めて六十四作品に明智小五郎が登場することが指摘されている。「二銭銅貨」のように、「原作」には明智小五郎が登場していないのに、リライト版には登場する作品として他に『赤い妖虫』『大暗室』『緑衣の鬼』『三角館の恐怖』『幽鬼の塔』『時計塔の秘密』『死の十字路』『恐怖の魔人王』の八作品があることも指摘されている。

「D坂の殺人事件」では、「明智小五郎」が「私」から犯人ではないかと疑われるという、いわば「トリック」が使われる。語り手となっている「私」は「君、明智君、僕のいう意味が分るでしょう。動かぬ証拠が君を指さしているのですよ」と「明智」に向かっていう。

この作品における「明智小五郎」は後の作品でみられるような「名探偵明智小五郎」ではなく、「私」と対峙する「明智小五郎」あるいは「私＋明智小五郎」という二人のうちの一人であるかのようにみえる。それは「場末の貧弱な下駄屋の二階の、ただ一間しかない六畳に、一閑張りの破れ机を二つ並べ」て「変な空想ばかり逞しゅうして、ゴロゴロしてい」（『二銭銅貨』）る「二人」のうちの一人でもあり、その「二人」は都市の高等遊民、「東京の遊歩者《フラヌール》」（高山宏「表象する乱歩を表彰する」『ユリイカ　特集江戸川乱歩』所収）でもある。「高等遊民」といえば、夏目漱石『それから』（一九〇九年六月二十七日から十月十四日まで東京、大阪の『朝日新聞』に連載）が思い浮かぶ。「高等遊民」の向こう側には、都市の「群集／群衆」がいる。「群集」は『太陽』一九九四年六月号（通巻三九六号、平凡社）「特集　江戸川乱歩　怪人乱歩　二十の仮面」において、「二十の仮面」の一つとして採りあげられており、江戸川乱歩を読み解くキーワードの一つといってよいだろう。ポーには「The Man of the Crowd」（群衆の人）という作品があり、この作品と坂口安吾『群集の人』との間に「二銭銅貨」が位置するというのが高山宏の「見立て」である。改めていうまでもなく、江戸川乱歩というペンネームはエドガー・アラン・ポーからとっているのであって、江戸川乱歩自身がポーのトランスフォーマーだということもできるかもしれない。「私＋明智小五郎」が一人であるとすれば、この図式は「一人のうちの二人」すなわち

「一人二役」あるいは「もう一人の自分」＝ドッペルゲンゲル（Doppelgänger）とみることもできる。実際に乱歩には「一人二役」（『新小説』一九二五年九月）という作品があり、「パノラマ島綺譚」（『新青年』一九二六年十月、十一月、一九二七年一月、二月、四月）の「孤田」と「人見廣介」も、「陰獣」（『新青年』一九二八年八月増刊〜十月）も「一人二役」を「趣向」としているといってよい。「二人で一人」あるいは「一人の内部の二人＝一人二役」というような「感覚」あるいはテーマが乱歩の中にずっと揺曳していたのだとすれば、「二銭銅貨」において、「私」を「明智小五郎」に置き換えた氷川瓏のリライトは見事であったというほかない。

リライトの目的は「少年諸君のため」であるので、「読み手」の生活経験や言語生活を斟酌して「理解しにくい表現」を書き換えるということになる。さらに考えると、原作が発表された大正十二（一九二三）年とリライト版が出版された一九七一年とは五十年弱の隔たりがあり、社会生活の変化なども含め、使用される日本語に変化があったことが推測される。タイトルの「二銭銅貨」についてもリライト版では、「二銭銅貨という貨幣は、現在ではもちろんないが、当時はまだ使われていた。一円の五十分の一の金額で、ひじょうに大きな銅貨である。現在の五十円貨幣よりも、さらにひとまわり大きく、ずっと厚みがある。ねうちはいまの六、七円ぐらいにあたる」と説明されている。ここでいうところの「現在の五十円貨幣」は一九五九年に発行が開始されたニッケル貨のことで、直径は二十五ミリあった。一九六七年からは直径二十一ミリの白銅貨に変わって現在に至っている。二銭銅貨は直径が三十一ミリぐらいだったので、今流通している五十円玉よりはずいぶんと大きい。「現在の五十円貨幣」も時期によって異なる。

情報の簡略化

彼はこの二枚の紙片を、熱心に比較研究しているようであった。そして、鉛筆で新聞紙の余白に、何か書いては消し、書いては消ししていた。そんなことをしているあいだに、電灯がついたり、表通りを豆腐屋のラッパが通り過ぎたり、縁日にでも行くらしい人通りが、しばらく続いたり、それが途絶えると、シナ蕎麦屋の哀れげなチャルメラの音が聞こえたりして、いつの間にか夜が更けたのである。

（原作）

松村は、この二枚の紙きれを熱心にくらべては、なにか研究しているようなのである。そして、鉛筆でありあわせの紙に、なにか書いては消し、書いては消ししていた。そんなことをしているうちに、すっかり夜になった。それでも、松村はこのみょうな仕事にふけって、食事さえ忘れてしまったらしいのである。

（リライト版）

原作には振仮名が施されていないので、漢字で書かれている箇所が、どのような語を意図しているかについては、常識的な推測をするしかないが、その常識的な推測をした上で、発音が同じ、つまり選択されている語が同じと思われる箇所に傍線を施した（改行は保存していない）。原作の「夜が更けた」は「ヨガフケタ」と推測したので、リライト版の「夜になった」＝ヨルニナッタとは異なると判断し、「夜」には傍線を附していない。

原作の「電灯がついたり、表通りを豆腐屋のラッパが通り過ぎたり、縁日にでも行くらしい人通りが、しばらく続いたり、それが途絶えると、シナ蕎麦屋の哀れげなチャルメラの音が聞こえたりして」は、具体的な「情報」を示すことによって、「読み手」にリアルなイメージを喚起させるために有効であると思われるが、根幹的な「情報」ではないといえよう。「根幹的な情報」を仮に「基幹情報」と呼ぶことにすれば、その「基幹情報」が物語の結構を支えていると思われる。

一六六頁では「内容」という表現を使ったが、「基幹情報」は「内容」といってもよいかもしれない。しかし「内容」や「基幹情報」は言語表現としてアウトプットされる。つまり「基幹情報」や「内容」が言語化されたものが享受される。文学作品が言語によって書かれている以上、言語によってどのように表現するかということが文学作品を文学作品として成り立たせているはずだ。だから、少年少女向けの書き換えも、少年少女に理解できるような言語表現に書き換えることはするだろうが、文学であることを「放棄」するわけではないのだから、そのようにとらえておきたい。少年少女向けに書き換えられた作品は、原作の「粗筋」だけを残しているわけではない。

情報量という観点からすれば、リライト版は情報量そのものを減らして、情報が拡散しないようにしている。少年少女と大人とは、蓄積されている生活経験や言語生活そのものが異なることが推測され、大人のイメージ喚起に役立つ情報が同じように少年少女のイメージ喚起に機能するとは限らない。「蓄積されている生活経験や言語生活」は、世代を絞れば、その世代内では共有されているはずで、同じ世代であれば、だいたいがこのような生活経験や言語生活をしていた、という意味合いでの共有であるが、それは表現を変えれば「教養」とちかい。大人と少年少女では共有されていることがらが異なるのだから、その調整が必要になる。それもリライトがこころがけなければならないことの一つになる。情報の量と質というと、少し説明が粗いようにも思われるが、結局は情報の量と質とを目的や必要に応じてコントロールすることが重要である。

ずいぶん朝寝坊の私は、十時頃でもあったろうか、眼を醒ましてみると、枕もとに妙なものが立っているのに驚かされた。というのは、そこには縞の着物に、角帯を締めて、紺の前垂れをつけた一人の商人風の男が、ちょっとした風呂敷包みを背負って立っていたのである。（原作）

目をさましてみると、まくらもとにみょうなものが立っているのに、明智はびっくりした。そこには、しまの着物に、角帯をしめ、紺の前だれをつけた、ひとりの商人ふうの男が、ちょっとした風呂敷包みをせおって立っていたのである。（リライト版）

右のくだりでは、原作とリライト版とは共通している箇所が多い。表現があまり書き換えられていない。この「商人風の男」は「松村」という人物が変装しているということなので、服装などが具体的に描写されている。その描写はそのままになっている。リライト版が出版された一九七一年は筆者が中学生になった頃であるが、「縞の着物に、角帯を締めて、紺の前垂れをつけた」「商人風の男」は、普通に見かけるわけではなかったと思われる。それでもリライトしなかったのは、どういう服装に書き換えるとよいか、案外と判断しにくかったからではないだろうか。原作とリライト版との対照は、「異なり」に注目するのがもちろん自然であるが、「同じ」つまり書き換えられていない箇所にも留意する必要がある。

語の書き換え

松村武は、問題の紳士泥棒の隠しておいた五万円を、どこからか持ってきたのであった。それは、かの電機工場へ持参すれば、五千円の懸賞金にあずかることのできる五万円であった。（原作）

松村は、問題の紳士泥棒のかくしておいた五万円を、どこからかもってきたのだった。それは、れいの電気機械工場へとどければ、五千円の懸賞金をもらうことができる、五万円である。（リライト版）

原作の「ジサン（持参）」がリライト版では「トドケル」に書き換えられている。これは少年少女にはわかりにくいと思われる漢語「ジサン（持参）」を和語「トドケル」に書き換えたものである。こうした例は少なくない。「われわれが頂戴しておいたところで」を「おれたちがもらったって」に、「少なくとも貴公よりはいい」を「すくなくとも、きみよりはいい」、「なんと精巧な細工じゃないか」を「じつにみごとな細工じゃないか」に、

「薄い小さな紙片」を「うすい小さな紙きれ」に、「たぶんこの秘密を独占したかったのだろう」を「たぶんこの秘密をひとりじめにしたかったのだろう」に、「不意の捕縛のために」を「ふいにつかまったため」に、書き換えられている。傍線を附した漢語の使用を避けたものと思われる。

また原作の「（懸賞金に）アズカル」がリライト版では「（懸賞金を）モラウ」となっている。これは和語を和語に書き換えていることになる。この場合の「アズカル」は〈恩恵を受ける、ありつく〉という語義であるが、リライトをした人はそれがわかりにくいと判断したのであろう。

外来語

外来語の使用について、原作とリライト版とを対照してみよう。

原作	リライト版
タイム・カード	タイム・カード
シガレット・ケース	シガレット・ケース
マッチ	マッチ

便所	トイレ
シナ鞄	トランク
頭を悩ました	ノイローゼになってしまった
トリック	トリック
ロマンチックだ	あまくできている

『日本国語大辞典』第二版を調べてみると、「トイレ」の使用例としては、武田泰淳の『風媒花』（一九五二年）がもっとも古い使用例としてあげられている。「トイレット」は一九二八年に刊行されている『音引正解近代新用語辞典』の例が示されている。昭和五（一九三〇）年に刊行されている『新時代の尖端語辞典』の「新時代用語」の中に、「トイレット」があげられ、「化粧室。手洗所。又便所の代りにも言ふ」とあって、一九三〇年前後から使われ始めた語と思われる。そうであれば、原作が発表された大正十二（一九二三）年にはまだひろく使われるような語ではなかったことになる。

「ノイローゼ」は〈解決が困難な心理的葛藤情況におかれた場合、心理的・生理的な耐性の低下がみられ、その上に心理的な原因が加わって対人関係の面に障害をもたらす状態をいう〉（『日本国語大辞典』第二版「ノイローゼ」の項目）であるが、『日本国語大辞典』第二版は高見順『この神のへど』（一九五四年）をもっとも古い使用例としてあげている。おそらくこの頃から使われ始めた語と思われる。最近はめっきり耳にしたり目にしたりすることがなくなってきたが、筆者が子供の頃はよく耳にする語だったので、リライト版が書かれた頃にはよく使われていた語だったと推測する。このように、外来語の使用状況をみることによってもいろいろなことがわかっておもしろい。

漢字字体とかなづかい

「二銭銅貨」には次のようなくだりがある。

それはいかにも真にせまったにせ物であった。ちょっと見たのでは、すべての点が本物であった。けれども、よく見ると、それらの紙幣の表面には、圓という字の代りに團という字が、大きく印刷されてあった。十圓、二十圓ではなくて、十團、二十團であった。松村はそれを信ぜぬように、幾度も幾度も見直していた。（原作）

これは松村が、自分が受け取った紙幣が偽札であることに気づかなかったことについての描写である。このくだりはリライト版では、「それはまったく真にせまったにせものだった。ちょっと見たところではわからない。けれども、よく見ると、それらの札の表面には、円という字のかわりに、団という字が印刷されてあった。十円、二十円ではなくて、十団、二十団なのだ。松村はそれをいく度もいく度も見なおしていた」となっている。リライト版が出版されたのが、一九七一年なので、「当用漢字表」のもとに漢字使用が行なわれていた時期で、当用漢字表に載せられている「円」「団」で印刷されている。

しかし「円」と「団」とは字の形が異なりすぎているのではないだろうか。偽札に「圓」ではなくて「團」字を使ったのは、ともに「囗」（くにがまえ）の字であったからと思われるので、「圓」を「円」に、「團」を「団」に書き換えたことによって、ストーリー上、いささか無理が生じているように思われる。明治から昭和にかけての作家四十人の作品を収めた文庫版のアンソロジー『ちくま日本文学』（全四十巻）の第七巻が『江戸川乱歩』（二〇〇八年）であるが、右の「圓」「團」のくだりはそのままの漢字字体が（振仮名付きで）使われている。この『ちくま日本文学』に収められた『江戸川乱歩』は「江戸川乱歩推理文庫」（全六十五巻、講談社）を使用していることが巻末に明記されている。

「二銭銅貨」は暗号解読が作品の一つの眼目であるが、いったん「ゴケンチョーショージキドーカラオモチャノサツヲウケトレウケトリニンノナハダイコクヤショーテン」（五軒町の正直堂からおもちゃの札を受け取れ。受取人の名は大黒屋商店）と解読した「暗号の翻訳文」を「八字ずつ飛ばして読む」（傍点を附した文字を読む）と「ゴジヤウダン」すなわち「御冗談」となる、という二重の解読がいわば「みそ」であった。リライト版は右の第一次の解読を示して、次のようになっている。

「ゴジャウダン。きみ、この『ごじょうだん』というのはなんだろう？　え、これは偶然だろうか？　だれかのいたずらだといういう意味じゃないだろうか？」

原作は漢語「ジョウダン（冗談）」の字音仮名遣い（＝字音語の歴史的かなづかい）が「シヤウタン」であることを前提に書かれている。しかし、これは少年少女のみならず、「現代仮名遣い」で言語生活を送っている人にとっては、きわめてわかりにくいことになってしまった。リライト版はまず第一次解読にちかい「ゴジャウダン」を示し、すぐにそれを「現代仮名遣い」の「ごじょうだん」に置き換えて、話を続けていく。これで「ぎりぎりセーフ」にみえる。ただし「ゴジャウダン」で拗音をあらわす「ヤ」が小書きされているのは、少し苦しいといえば苦しい。ただ、これでなんとか話は成り立っていると思うが、『ちくま日本文学』では「原作」どおりにして、そこに「文末の註を見よ」と註を付け、文末には「ゴジヤウダンは旧仮名遣い。全文新仮名遣いに改めたが、これは直せなかった」という註が付けられている。「直せなかった」はなんとなく苦渋の表現のようにも感じられる。

なお、「二銭銅貨」では暗号が点字とかかわっているが、初出時（『新青年』発表時）にはその点字に関する誤りがあり、桃源社版の『江戸川乱歩全集』（一九六一年〜一九六三年）においてそれが訂正された。しかし、その後に読者からの指摘で、点字部分について、再び『新青年』に拠るようになったために、また点字に関する誤りがいわば「継承」されてしまうことになった。このことについては『日本探偵小説全集2 江戸川乱歩集』（一九八四年、創元推理文庫）の戸川安宣の「編集後記」に述べられている。現在入手しやすいものとしては、『江戸川乱歩傑作選』（昭和三十五年発行、平成元年四十八刷改版、平成十七年八十八刷、新潮文庫）が桃源社版全集を踏襲している。例えば、この『江戸川乱歩傑作選』の二八〜二九頁に示されている点字の解読表は、リライト版が二四八〜二四九頁に示す解読表と異なる。例えば「チ」と対応する点字の形が異なっている。こうしたことも広い意味合いでの「書き換え」にあたる。乱歩は自らの誤りに気づいてそれを訂正＝書き換えたが、それがまた第三者の手によって、「誤り」のかたちに引き戻されたことになる。そして、点字を自ら読むことができない多くの読者はそのことに気づかない。

系譜の抹消

「南無阿弥陀仏」の暗号文をめぐって、原作には次のようなくだりがある。

俺は暗号文については、以前にちょっと研究したことがあるんだ。シャーロック・ホームズじゃないが、百六十種ぐらいの暗号の書き方は俺だって知っているんだ。――Dancing Men 参照――で、俺は、俺の知っている限りの暗号記法を、一つ一つ頭に浮かべてみた。

（中略）

さて、こいつを解く方法だが、これが英語か仏蘭西語か独逸語なら、ポーの Gold bug にあるようにeを探しさえすれば訳はないんだが、困ったことに、こいつは日本語に相違ないんだ。念のためにちょっとポー式のディシファリングを試みてみたが、少しも解けない。（原作）

おれは暗号については、以前にちょっと研究したことがあるんだ。シャーロック・ホームズじゃないが、百六十種ぐらいの暗号の書き方は、おれだって知っているんだ。

で、おれは知っているかぎりの暗号記号を、一つ一つあたまにうかべてみた。
（リライト版）

リライト版では、「シャーロック・ホームズ」はそのままであっても、「Dancing Men」（踊る人形）は省かれているし、「ポーの Gold bug」（黄金虫）も省かれ、「ディシファリング」（＝解読）という表現も省かれている。

直接的ではないにしても、ポーの『黄金虫』が「二銭銅貨」の「前にある」ことはたしかで、それを文学作品の広い意味合いでの「系譜」とみることにすれば、そうした「系譜」によって、文学作品は、時空を超えて脈々とつながっていることになる。「系譜」を知らなければ文学作品を読むことができないわけではないが、「系譜」を知ることによって、作品の「よみ」が深みや奥行きを増すことは当然あろう。「系譜」はやはり広い意味合いでの「引用」といってもよい。「系譜」や「引用」に目配りをしながら文学作品をよむのは、やはり「大人」であるとすれば、リライト版が「系譜」を抹消したのは、それはそれで適切なことであった。「少年少女」にはまず、そこで起こっていることをありのままにきちんととらえてもらいたい、というのは当然のことといえよう。「引用」に気づき、「系譜」を知っているためには、読書経験や言語生活の「蓄積」が必要となる。「読書経験や言語生活の「蓄積」」を仮に「教養」と言い換えれば、そうした「教養」を前提とし、「教養」を共有しながら、「大人」は文学作品を読んできたのではないだろうか。その「前提」が崩れ、共有しているものがゼロに近づけば、「大人」のよみも崩壊していくことになる。

講談社『少年少女世界文学全集』(全五十巻)

講談社の創業五十周年を記念して昭和三十三年から刊行が始まり、第一巻の『古代中世編(1)ギリシア神話・北欧神話・イソップ物語』が昭和三十四(一九五九)年十一月二十日刊行、第五十巻『世界少年少女詩集・世界童謡集』が昭和三十七年十月二十日に刊行されて、この全集は完結する。五十巻に入れられている月報には「五十巻完結のごあいさつ」が記されており、そこでは「秋もふかまり、みなさまにはいかがおすごしでしょうか。いよいよ勉強に、読書にはげんでおられることとぞんじます。さて、四年二ヶ月間ものながきにわたって、日本じゅうの読者のみなさまから、ご声援いただいてまいりました、少年少女世界文学全集全五十巻も、今回の第五十回配本をもって、いよいよ完結いたすこととなりました」とある。第一巻に入れられている月報には、この本は、みなさんのゆめと知識と幸福への道しるべとなるように、深く、美しい世界の国々の少年少女文学を集めた、たからのくらであります。とおいむかしから、世界の国々には、ゆたかなゆめの物語がありました。

それから何千年と時が流れていきました。いまは原子力の時代であります。そのあいだ、わたしたちの祖先は、ゆかいな物語、美しい詩、手にあせにぎる冒険のはなし、動物や植物などの世界をえがいた興味深く、教訓にみちた物語などを、つぎつぎに残していってくれました。こうした少年少女のための文学に親しんでいただきたいために、この本を編集したのです。わたしたちの社会に、どうしたら幸福と平和をきずくことができるでしょうか――。この問題にたいして、世界の少年少女文学は、いろいろと答えてくれることでしょう。


とある。

第一巻が刊行された昭和三十四年は筆者が生まれた次の年であるが、そこから五十年以上が経過し、今は大学において文学を学ぶことに意義があるかどうか、ということが論議される時代になった。講談社が少年少女文学全集を刊行した目的は（逆説的な意味合いにおいて）まことに正しいものであったといわざるをえない。

本章の冒頭で述べたように、この全集の四十五巻から四十九巻までが「日本編」にあてられている。四十五巻から四十七巻までは古典文学作品が収められている。例えば四十五巻には『古事記』『竹取物語』と「日本民話」「アイヌ民話」『万葉集』が収められている。『古事記』と『万葉集』は国文学者で歌人の木俣修、『竹取物語』は児童文学作家の坪田譲治が担当している。『万葉集』では、現代語訳を示すだけではなく、解説、鑑賞文が記されている。『竹取物語』の冒頭を示してみよう。

むかし、むかし、京の都に近いある村に、気もちのやさしい、おじいさんおばあさんが住んでおりました。

村はずれのおかのかげにある、古い小さな、わらやねの家——それがこの、おじいさんとおばあさんの家でした。ふたりには子どもがなくて、貧しいその日その日を、さびしくくらしていました。

おじいさんのしごとは、近くの野や山へわけ入って、たけをとってきては、それでいろいろな細工物をすることでした。手かご、ざる、そんなものをこしらえては、村や町を売り歩いて、こめやら、みそやらにかえていました。

原作は「いまは昔、竹取の翁といふもの有りけり。野山にまじりて竹を取りつつ、よろづの事に使ひけり。名をば、さかきの造《みやつこ》となむいひける。その竹の中に、もと光る竹なむひと筋ありけり。あやしがりて、寄りて見るに、筒の中光たり。それを見れば、三寸ばかりなる人、いと美しうてゐたり」と始まる。リライト版は、現代語訳というほど原作にちかくなく、原作をふまえた「翻案」といったほうがよいかもしれない。こういうリライトもある。

『坊っちゃん』の少年少女向けの書き換え

そして、四十八巻が『現代日本文学名作集』、四十九巻が『現代日本童話集』である。四十八巻には夏目漱石『坊っちゃん』が収められているので、この作品を採りあげてみることにする。「原作」として、『漱石全集』第二巻（一九九四年、岩波書店）を使用する。リライト版には振仮名が施されているが、引用にあたっては省いた。

親譲りの無鉄砲で小供の時から損ばかりして居る。小学校に居る時分学校の二階から飛び降りて一週間程腰を抜かした事がある。なぜそんな無闇をしたと聞く人があるかも知れぬ。別段深い理由でもない。新築の二階から首を出して居たら、同級生の一人が冗談に、いくら威張つても、そこから飛び降りる事は出来まい。弱虫やーい。と囃したからである。小使に負ぶさつて帰つて来た時、おやぢが大きな眼をして二階位から飛び降りて腰を抜かす奴があるかと云つたから、此次は抜かさずに飛んで見せますと答へた。　（原作）

親ゆずりのむてっぽうで、子どものときからそんばかりしている。

小学校にいるじぶん、学校の二階からとびおりて、一週間ほど、こしをぬかしたことがある。

「なぜ、そんなむちゃをした。」

ときく人があるかもしれぬ。べつだん、ふかい理由でもない。新築の二階から首をだしていたら、同級生のひとりが、じょうだんに、

「いくらいばっても、そこからとびおりることはできまい。よわむし、やあい。」

とはやしたからである。小使いにおぶさってかえってきたとき、おやじが大きな目をして、

「二階ぐらいからとびおりて、こしをぬかすやつがあるか。」

といったから、

「このつぎは、ぬかさずにとんでみせます。」

とこたえた。

（リライト版）

漢字を仮名に書き換え、会話文に鉤括弧を付け、改行をする、といったことはあるが、右のくだりでは、傍線を施した箇所、原作の「無闇」が「むちゃ」に書き換えられている以外は、同じである。本章の冒頭に記したように、筆者はこのリライト版を（おそらく小学校二年生か三年生頃に）読んでいる。実家にもすでにこの『少年少女世界文学全集』はないので、今回改めて購入した。当然五十年ぶりぐらいで、このリライト版を読んだというこことになるが、これほど原作と同じだとは思っていなかった。この文学全集は、「世界文学全集」なので、日本文学作品が必ずしも多く収められているわけではない。したがって、「世界文学」の巻をまず読んだように思うが、それも当然読みやすい巻から読んだ。ぱっとみて、読みにくそうだとやめて他の巻を選ぶということをしていた。学年が進むにつれて、これまでは敬遠していた巻も読んでみようと思って、手にとる。「やっぱりだめだ」ということもあったように思うが、「案外読めるかもしれない」となって、読むということもあったと記憶する。何しろ五十年も前のことなので、いつこの『坊っちゃん』を読んだかわからない。しかし、漠然と、かなり書き換えられているのだろうと思っていた。

これは筆者が「読めた」と自慢しているのではまったくなく、この程度の「書き換え」で十分だと当時判断されていたことに驚いているということだ。それは「原作」の尊重という「心性」かもしれないし、少年少女であっても、できるだけ「原作」にちかいものを読むべきだということかもしれない。とにかく、あまり書き換えられていない。「むちゃをした」が現代日本語でもよく使われる表現であるためか、「無闇をした」が「むちゃをした」と書き換えられていても、あまり書き換えられているという感じがしない。リライト版は、このように、ごく自然な書き換えを行なっている。

『漱石全集』第二巻（一九九四年、岩波書店）には、（どのような語句に「注解」を施しているかということは述べられていないが）「注解」が附されている。例えば「脊戸」（二五〇頁）には「裏門、裏口」という注解が附されている。リライト版では、「脊戸」を「勝手口」に書き換えている。「ダイドコロ（台所）」という語が「キッチン」という語にとってかわられているかもしれない現代にあっては、その「ダイドコロ」が「（オ）カッテ（勝手）」で、台所の出入り口が「オカッテグチ（お勝手口）」だという説明がさらに必要になるかもしれない。このように、語の使用が社会生活の変化に伴なって変わるような場合は、注解が必要になるし、そういう語句を、少年少女のために書き換えることはごく自然のことといえよう。あるいは「へっつい」（二五一頁）を「かまど」に書き換えていることも同様であろう。『漱石全集』第二巻の注解においても、「へっつい」を「かまど」と説明している。この「カマド」も現在ではさらなる説明が必要になっているかもしれない。「後架」（二五三頁）はリライト版が「便所」と書き換えている。注解も同様だ。これも現代であれば、「手洗い」あるいは「トイレ（ット）」という、さらなる注解が必要かもしれない。

さて、漢語「サイエン（菜園）」を「やさいばたけ（野菜畑）」、「レイラク（零落）して」を「おちぶれて」、「シュウセン（周旋）」を「せわ（世話）」、「キンマンカ（金満家）」を「金持ち」に、「ズイイニ（随意に）」を「かってに」、「ショチ（処置）」を「やりかた」に、書き換えるのは、わかりにくいと思われる漢語を和語にやわらげるということでこれも自然である。

書き換え例の中で興味をおぼえるのは、少しだけ異なる語形の語に書き換えている場合だ。例えば「地図で見ると海浜で針の先程小さく見える」（二五九頁）の「カイヒン（海浜）」をリライト版は「海岸」に書き換えている。「カイヒン」の語義は〈うみべ〉で、「カイガン」の語義もやはり〈うみべ〉だろうから、語義はほとんど異ならないと思われるが、リライト版が書き換えているのだから、「カイヒン」は少年少女向けの語ではなかったことになる。現代では、「カイヒン」という語をあまり耳にしなくなった。『三省堂国語辞典』第七版を調べてみると、見出し項目「カイヒン」には「文章語」の記号が附されており、この辞書の編集者は、そういう判断をしていることになる。これは筆者の感覚と一致している。『少年少女世界文学全集』が刊行された昭和三十年代がその起点かどうかはわからないけれども、その頃に『坊っちゃん』をリライトした人が、「これは子供たちにはちょっと難しいだろうな」と思った、その感覚がいわば正しかったことになる。

あるいは「ポッケット」（二六〇頁）を「ポケット」に、「プラットフォーム」（二六〇頁）を「プラットホーム」に書き換えているのも、外来語の語形の微調整であろう。

少年少女向けの文学全集であっても、このくらいのリライトしかしていないということは驚きでもある。しかし、少年少女であっても、同じ年代の友達とだけ話をするわけではない。いろいろな世代の人たちと接点を持ちながら、言語生活を送っているのであり、「大人の言語」にふれ、それを獲得していく必要がある。そう考えると、部分的に理解できない箇所があったとしても、おおよそをとらえることができればそれでよい、という考え方も成り立つだろう。「今、ここ」で「今、すぐ」には理解できない箇所があるかもしれない。それは将来理解できればよいという、ゆとりをもった考え方は大事だ。

筆者がこの『少年少女世界文学全集』を読み始めた時には、全巻が揃っていた。時間のある時に、好きな一冊を読んでいたが、その日選んだ一冊が、むずかしくて読めなかったために、別の一冊にした、という記憶がある。全巻が収められている本棚はよく通る廊下に置いてあったから、それを横目で見ながら、あれとあれとはもう読んだ、あれは難しくてまだ読めていない、というようなことを思っていた。ついに全巻を読んだのかどうかは覚えていない。今回全巻を改めてみると、おそらくこれは読まなかったな、という巻もあるので、きっと読み通してはいないのだろう。でもそれでもこうした文学全集に少年少女の頃にふれることには大いに意義があると思う。そうした読書環境を整えてくれていた両親に感謝したい。そして、原作をあまり書き換えていない全集であったことにも感謝したい。

講談社から「青い鳥文庫」というシリーズが出版されている。ホームページをみると、「創刊は1980年！　小中学生のための文庫です！」と記されている。「小中学生」は少し幅があるが、ある作品は小学生向け、ある作品は中学生向けということなのだろう。このシリーズにも『坊っちゃん（新装版）』（福田清人編、にしけいこ絵、二〇〇七年）がある。冒頭部分は次のようになっている。漢字にはすべて振仮名が施されているが、引用では省いた。

親ゆずりのむてっぽうで、子どものときから、そんばかりしている。
小学校にいるじぶん、学校の二階からとびおりて、一週間ほどこしをぬかしたことがある。

「なぜ、そんなむちゃをした。」

と聞く人があるかもしれぬ。べつだん深いわけでもない。新築の二階から首をだしていたら、同級生の一人がじょうだんに、

「いくらいばっても、そこからとびおりることはできまい。よわむしやあい。」

とはやしたからである。小使いにおぶさって帰ってきたとき、おやじが大きな目をして、

「二階くらいからとびおりて、こしをぬかすやつがあるか。」

といったから、

「このつぎは、ぬかさずにとんでみせます。」

と答えた。


やはり、原作の「無闇」が「むちゃ」に書き換えられているが、その他は原作のままである。読み進めていくと、「菜園」を「やさい畑」に、「脊戸」を「うら門」に、「右左へ」を「左右へ」に、「足搦」を「足」に「三人が半日相撲をとりつゞけに取つたら」を「半日、三人ですもうをとりつづけにとったら」に、「孟宗」を「もうそうだけ」に、書き換

え、「此兄はやに色が白くつて、芝居の真似をして女形になるのが好きだつた」を省くといったリライトをしている。

「シンチク」は漢字で「新築」と書かれている。「新」は小学校二年生で、「築」は五年生で学習することになっている。「ジブン（時分）」は仮名で「じぶん」と書かれている。「時」も「分」も二年生で学習することになっているので、二年生以上向けであれば、漢字で書いてもよいはずだ。すべての漢字に振仮名が施されているので、漢字の使い方については学習年時を特に気にしていないのかもしれないが、何か「方針」があるのだろうか。

大倉かおり漫画のコミック版『坊っちゃん』（二〇一〇年、集英社）もある。こちらはコミックなので、原作の文がすべて文として載せられているわけではないが、冒頭は「親譲りの無鉄砲で小供の時から損ばかりしている」とあって、「小供」も原作どおりであるのはよいと思う。このページには子供の頃の「坊っちゃん」と覚しき絵が描かれていて、次のページには汽笛が「ボーッ」と書かれているので、四国へ向かう船の中で、「坊っちゃん」が回想しているという枠組みを設定していることがわかる。これに呼応するように「二」の最後は「やっと着いたか」ということばとともに、大人になった「坊っちゃん」が描かれている。このようにリライトが、原作の内包していた可能性をひきだすこともあり、やはり興味はつきない。

第七章　歌詞の変容――春の小川はさらさら流る

本章では歌詞を採りあげることにする。楽曲の歌詞は、楽曲がラジオやテレビで放送されれば、多くの人がそれを耳にすることになる。そのために、差別的だと感じられるような歌詞は書き換えられることになる。また時代を超えて歌い続けられている楽曲の場合、「歌詞が古くなる」ということもある。現在でいえば、文語的な表現が「古い」と感じることもある。あるいは語の使い方が変化することもある。

「やる」と「あげる」

例えば、北原保雄編『問題な日本語』（二〇〇四年、大修館書店）は「猫に餌をあげる」という表現を採りあげ、「「猫に餌をあげる」とか「花に水をあげる」とかいう言い方は、ずいぶん年輩の方でも普通に使っているのが現状のようです」（一一四頁）と述べた上で、

「もちろん本来「あげる」は「やる」の謙譲語で、やるという行為を及ぼす相手を尊敬して用いる敬語でした。ですから、「先生にあげる」「お友達にあげる」などは正しい使い方ですが、「猫」や「花」などに対して「あげる」というのは誤った使い方だとされてきました」（同前）と述べ、しかし現在では「謙譲語としてよりは、美化語として使われるようになっている」といわばその使用を認めている。

文部省唱歌の「桃太郎」はよく知られているが、もともとは次のような歌詞だった。

一　桃太郎さん桃太郎さん、
　　お腰につけた黍団子、
　　一つわたしに下さいな。

二　やりましょうやりましょう、
　　これから鬼の征伐に、
　　ついて行くならやりましょう。

筆者が習い覚えている二番の歌詞は「あげましょうあげましょう」と始まる。これは

「やりましょう」がぞんざいに感じられた時点で「あげましょう」に書き換えられたものと思われるが、インターネットをみると、現在は「やりましょう」の歌詞でも歌われているようだ。その「やりましょう」の歌詞をきいて、「あげましょう」世代の人が「歌詞が変わった」と発言している。こんなこともある。

文部省音楽取調掛編集の『小学唱歌集』が出版されたのが明治十四（一八八一）年で、この九年後の一八九〇年には第一回の帝国議会が開かれる。『幼稚園唱歌集』が刊行されるのが明治二十年、『中等唱歌集』が明治二十二年に、さらに『国民唱歌集』が明治二十四年に、『幼稚園唱歌』が明治三十四年に、『唱歌教科書』が明治三十五年に刊行される。明治二十七（一八九四）年には日清戦争、その十年後の一九〇四年には日露戦争が始まり、さらに十年後の一九一四年には第一次世界戦争が始まるのであって、右に示したような「唱歌集」はそうした時代に編まれたもので、「そうした時代」を「時局」＝〈国家や社会などが直面している情勢・その時の世の中の局面〉と言い換えるとすれば、時局と無関係ではなかった。『小学唱歌集』二集に「皇御国《すめらみくに》」というタイトルの曲が収められていたり、一集に「きたれやきたれやいざきたれ／皇国《みくに》をまもれやもろともに／よせくる敵はおおくとも／おそるるなかれおそるるな／死すともしりぞく事なかれ／皇国のためなり君のため」という外山正一がつくった歌詞の「来たれや来たれ」が収められていることは「時局」の求めるところだったとみることができる。そしてこのような指摘はむしろたやすい。右の曲は、『軍歌』（一八八六年刊）に「軍歌」という題名で発表されており、その時は九番まであった。『明治唱歌』に収められた時には四番までで、題名も「皇国の守」と変えられ、歌詞の一部も書き換えられている。『小学唱歌』第五巻（一八九三年刊）に収められた時に題名が「来れや来れ」にさらに変えられている。

さてしかし、「時局」という名前の具体的な人物は（当然のことながら）存在しない、ということを考えれば、「時局の求めるところ」とは結局は何かということを改めて問う必要があろうし、今がその時期であるかもしれない。そして「歌詞の書き換え」は結局は「時局の変化」に起因するものが多いといってよい。以下では具体的に幾つかの歌詞を採りあげて、「書き換えられた歌詞」について考えてみたい。

「春の小川」

「春の小川は、さらさら行くよ。岸のすみれや、れんげの花に、すがたやさしく、色うつくしく　咲けよ咲けよと、ささやきながら」という歌詞の「春の小川」を小学校などで歌ったことのあるかたも多いのではないかと思う。「春の小川」は明治四十五（一九一二）年に発表された「文部省唱歌」で、『尋常小学唱歌　第四学年用』（一九一二年）の冒頭に置かれている。『尋常小学唱歌 第四学年用』には、次のようなかたちで載せられている。渋谷区代々木に一九七八年に建てられた碑には「高野辰之作詞／岡野貞一作曲」と記されている。

尋常小学校が国民学校へ移行するにあたって、教科書の改訂が行なわれた。「春の小川」は『初等科音楽一』に収められたが、この教科書は三年生用であったため、文語的な表現を詩人の林柳波《はやしりゅうは》（一八九二〜一九七四）が口語的な表現に変え、さらに三番の歌詞を削除した。下段には林柳波が書き換えた歌詞を示す。

一　春の小川はさらさら流る。
岸のすみれやれんげの花に、
にほひめでたく、色うつくしく
咲けよ咲けよと、ささやく如く。

二　春の小川はさらさら流る。
蝦やめだかや小鮒の群に、
今日も一日ひなたに出でて

春の小川は、さらさら行くよ。
岸のすみれや、れんげの花に、
すがたやさしく、色うつくしく
咲いてゐるねと、ささやきながら

春の小川は、さらさら行くよ。
えびやめだかや、小ぶなのむれに、
今日も一日ひなたでおよぎ、

遊べ遊べと、ささやく如く。　　遊べ遊べと、ささやきながら

三　春の小川はさらさら流る。
歌の上手よ、いとしき子ども、
声をそろへて小川の歌を
うたへうたへと、ささやく如く。

そして一九四七年に『三年生の音楽』に収められるにあたって、歌詞が再び書き換えられ、それがその後、継承されていく。筆者も「さらさら行くよ」で習っているが、こうしてもともとの歌詞と対照すると「さらさら流る」が自然な表現に思われる。各連末尾の「ささやく如く」（＝ささやくように）が「（春の小川は）さらさら流る」につながっていく歌詞であるので、「ささやく如く行く」よりも「ささやく如く流る」が表現としてなめらかであると感じる。

二番はそれがさらにはっきりとしてくる。「蝦やめだかや小鮒の群に、／今日も一日ひなたに出でて／遊べ遊べと、ささやく如く」「春の小川」が「さらさら」流れているのであって、「えびやめだかや、小ぶなのむれに、／今日も一日ひなたでおよぎ、／遊べ遊べ

と、ささやきながら」「春の小川」が「さらさら」行くというのは表現として少し落ち着かない。「ひなたに出でて／遊べ」(＝ひなたに出て遊べ)は自然な表現といえようが、「ひなたでおよぎ、遊べ」は「泳ぎ、遊べ」がやや不自然と思われるし、「遊べ遊べと、ささやきながら」では、小川は現にささやいていることになり、それも気になる。

子供の歌というなかれ。子供が歌う歌だからこそ、表現はゆきとどいたものであってほしい。今ここでは楽譜との兼ね合いについては話題にしていないが、歌詞のみを考えたとしても、歌詞の書き換えは案外と難しい。

「蛍の光」

一九六四年の東京オリンピックの時に、筆者はまだ小学校の一年生だったので、よく覚えていないが、閉会式で「蛍の光」が合唱されたという。『NHK紅白歌合戦』の最後や甲子園で行なわれる全国高等学校野球選手権大会の閉会式にもこの曲が合唱される。何より学校の卒業式で、在校生が合唱することが多かったと思う。図書館や博物館などの公共施設の閉館少し前にこの曲が流されることもある。それだけ身近な曲といってよい。

スコットランド民謡の"Auld Lang Syne"(オールド・ラング・サイン。讃美歌三七〇番「目覚めよ我が霊《たま》」も同じ曲)に、音楽取調掛として稲垣千穎《いながきちかい》(一八四五〜一九一三)が歌詞をつけたと考えられている。『小学唱歌集』初編（明治十四＝一八八一年）に載せられた時の歌詞は次のようであった。

一　ほたるのひかり。まどのゆき。
　　書《ふみ》よむつき日。かさねつゝ。
　　いつしか年も。すぎのとを。
　　あけてぞけさは。わかれゆく。

二　とまるもゆくも。かぎりとて。
　　かたみにおもふ。ちよろづの。
　　こゝろのはしを。ひとことに。
　　さきくとばかり。うたふなり。

三　つくしのきはみ。みちのおく。
　　うみやまとほく。へだつとも。
　　そのまごゝろは。へだてなく。

ひとつにつくせ。くにのため。

四　千島《ちしま》のおくも。おきなはも。
やしまのうちの。まもりなり。
いたらんくにに。いさをしく。
つとめよわがせ。つつがなく。

「ほたるのひかり。まどのゆき」は改めていうまでもないだろうが、中国の晋の時代の車胤は、灯火の油を買うことができずに蛍を集めてその光で勉学をし、孫康は、雪明かりで勉学をしていたという二つの故事を併せた「蛍雪の功」というかたちの慣用句としても知られている。車胤、孫康のこの話は中国のさまざまな文献にいろいろなかたちで記されているが、『蒙求《もうぎゅう》』の「孫康映雪《そんこうえいせつ》」「車胤聚蛍《しゃいんしゅうけい》」の記事がよく知られていたと思われる。

三番と四番とは第二次世界大戦後には歌われなくなったという。また四番の歌詞は、時々の状況に応じて、「千島の奥も台湾も」（日清戦争後）とされたり、「台湾の果ても樺太も」（日露戦争後）となったことがわかっている。

「冬景色」

「冬景色」は『尋常小学唱歌　第五学年用』（大正二＝一九一三年五月）に発表されている。平成十九（二〇〇七）年には「日本の歌百選」に選ばれている。歌詞をあげてみよう。

一　さ霧消ゆる　湊江《みなとえ》の
舟に白し　朝の霜
ただ水鳥の　声はして
いまだ覚めず　岸の家

二　烏《からすな》啼きて　木に高く
人は畑《はた》に　麦を踏む
げに小春日の　のどけしや
かへり咲《ざき》の　花も見ゆ

三　嵐吹きて　雲は落ち

時雨《しぐれ》降りて　日は暮れぬ
若《も》し灯火《ともしび》の　漏れ来《こ》ずば
それと分かじ　野辺《のべ》の里

筆者もこの歌詞で習ったように記憶している。ただ、『五年生の音楽』（一九四七年）では、三番が省かれて、一番と二番とが載せられており、三番が省かれることもあったことが指摘されている。一番「朝の霜」、二番「小春日ののどけしや」、三番「日は暮れぬ」からすれば、一日の朝昼夕方を描写した歌詞で、三番を省くとバランスがわるくなってしまいそうだ。「春の小川」については文語的な表現を書き換えたわけだが、文語的と思われる「冬景色」は書き換えていないのはなぜか。歌詞がすみずみまでわからなくてもかまわない、というと粗っぽい話になってしまうが、逆に歌詞をきっかけにして文語的な表現を学習するということがあってもよいのではないだろうか。すぐにわからないから教えるのをやめる、すぐにわからないから、別の表現にする、ということがいつもいつも適切とは限らないだろう。

「お山の杉の子」

昭和十九（一九四四）年に日本少国民文化協会が、歌詞を懸賞募集した時に第一席となったのが「お山の杉の子」で、同年十月には神田の共立講堂で発表会があり、十一月に創刊された『少国民文学』に、選者のメンバーだったサトウハチローが補作したかたちで発表された。戦後にはサトウハチローによって四番以下が改作されたことがわかっている。改作後の歌詞を下段に添えた。

一　昔　昔の　その昔
椎の木林のすぐそばに
小さなお山が　あったとさ　あったとさ
丸々坊主の　禿山は
いつでも　みんなの笑いもの
「これこれ杉の子起きなさい」
お日さまにこにこ声かけた　声かけた

二　一二三四五六七
八日　九日　十日たち

にょっきり芽が出る　山の上　山の上
小さな杉の子顔出して
「はいはいお陽さま　今日は」
これを眺めた椎の木は
あっははのあっははと　大笑い　大笑い

三
「こんなチビ助何になる」
びっくり仰天　杉の子は
おもわずお首を　ひっこめた　ひっこめた
ひっこめながらも考えた
「何の負けるか　いまにみろ」
大きくなって　国のため
お役に立ってみせまする　みせまする

四
ラジオ体操一二三
子供は元気にのびてゆく
ラジオ体操　ほがらかに
子供は元気にのびてゆく

昔々の禿山は　禿山は
今では立派な杉山だ
誉れの家の子のように
強く　大きく　逞しく
椎の木見下ろす大杉だ　大杉だ

五
大きな杉は何になる
兵隊さんを運ぶ船
傷痍の勇士の寝るお家　寝るお家
本箱　お机　下駄　足駄
おいしいお弁当たべる箸
鉛筆　筆入れ　そのほかに
うれしやまだまだ役に立つ役に立つ

六
さあさ負けるな　杉の木に
勇士の遺児なら　なお強い

昔々の禿山は　禿山は
今では立派な杉山だ
誰でも感心するような
強く　大きく　逞しく
椎の木見下ろす　大杉だ　大杉だ

大きな杉は何になる
お舟の帆柱　梯子段
とんとん大工さん　たてる家　たてる家
本箱　お机　下駄　足駄
おいしいお弁当　食べる箸
鉛筆　筆入　そのほかに
たのしや　まだまだ　役に立つ　役に立つ

さあさ　負けるな　杉の木に
すくすく伸びろよ　みな伸びろ

体を鍛え　頑張って　頑張って
今に　立派な兵隊さん
忠義孝行　ひとすじに
お日さま出る国　神の国
この日本を護りましょう護りましょう

スポーツ忘れず　頑張って　頑張って
すべてに立派な　人となり
正しい生活　ひとすじに
明るい楽しい　このお国
わが日本を　作りましょう　作りましょう

「ショウコクミン（少国民）」は〈年少の国民〉であり、それは次の世代をになう少年少女ということであった。したがって、「ショウコクミン（少国民）」という語あるいは概念そのものに何か含むところがあるわけではない。「ショウコクミン」が自らの意志で次世代を「になう」のはもちろんよいわけだが、年長者がにないかた、になう「方向」をミスリードすることがあってはならないはずだ。年長者が年少者を導くのが「教育」であるとするならば、「方向」はよくよく見極めなければならない。「原作」に戦争色が強いのは、作られた背景を考えればむしろ当然かもしれない。「お日さま出る国　神の国」を「明るい楽しいこのお国」と書き換えた時に、何が変わって、何が変わらないかをよくよく考える必要があるようにも思う。

「汽車ぽっぽ」

一　汽車　汽車　ポッポ　ポッポ　シュッポ　シュッポ　シュッポッポ
兵隊さんをのせて　シュッポ　シュッポ　シュッポッポ
僕らも　手に手に　日の丸の　旗を　振り振り　送りましょう
万歳　万歳　万歳　兵隊さん　兵隊さん　万々歳

二　汽車　汽車　来る　来る　シュッポ　シュッポ　シュッポッポ
兵隊さんをのせて　シュッポ　シュッポ　シュッポッポ
窓から　ひらひら　日の丸の　旗を振ってく　兵隊さん
万歳　万歳　万歳　兵隊さん　兵隊さん　万々歳

三　汽車　汽車　行く　行く　シュッポ　シュッポ　シュッポッポ
兵隊さんを乗せて　シュッポ　シュッポ　シュッポッポ
まだまだ　ヒラヒラ　日の丸の　旗が　見えるよ　汽車の窓
万歳　万歳　万歳　兵隊さん　兵隊さん　万々歳

あれ？　と思われたかたがいるだろう。右の詩は昭和十四（一九三九）年に発行された学校舞踊教材『お花の兵隊さん』に収められている。タイトルはこのバージョンでは「兵隊さんの汽車」、作詞者は静岡県御殿場市で小学校教諭をつとめていた富原薫《とみはらかおる》で、作曲は、「夕焼小焼」などの曲で知られる草川信（一八九三〜一九四八）。出征兵士を見送る風景を描いたもので、戦争色が色濃い。終戦直後の一九四五年の年末に、今の『紅白歌合戦』の前身といえそうなNHKラジオの『紅白音楽試合』で、少女歌手の川田正子がこの歌を歌うことになり、本番の四日前に、富原薫が番組のプロデューサーの依頼を受けて、歌詞を書き換えたことがわかっている。書き換えられた歌詞はよく知られている。

一　汽車　汽車　ポッポ　ポッポ　シュッポ　シュッポ　シュッポッポ
僕らをのせて　シュッポ　シュッポ　シュッポッポ
スピード　スピード　窓の外
畑も　とぶ　とぶ　家も　とぶ
走れ　走れ　走れ　鉄橋だ　鉄橋だ　楽しいな

二　汽車汽車　ポッポ　ポッポ　シュッポ　シュッポ　シュッポッポ
汽笛をならし　シュッポ　シュッポ　シュッポッポ
愉快だ　愉快だ　いい景色
野原だ　林だ　ほら　山だ
走れ　走れ　走れ　トンネルだ　トンネルだ　うれしいな

三　汽車　汽車　ポッポ　ポッポ　シュッポ　シュッポ　シュッポッポ
けむりを　はいて　シュッポ　シュッポ　シュッポッポ
ゆこうよ　ゆこうよ　どこまでも
明るい　希望が　まっている
走れ　走れ　走れ　がんばって　がんばって　走れよ

書き換えられた歌詞は「問題がない」と判断されたのだろうが、その「問題のなさ」がかえって気になるといえば気になる。「ゆこうよ　ゆこうよ　どこまでも／明るい　希望が　まっている／走れ　走れ　走れ　がんばって　がんばって　走れよ」は何か近時耳にする楽曲の歌詞がもっている「傾向」にちかく感じてしまう。無責任な楽天主義といったら言い過ぎであろうが、何の根拠もなく「がんばれがんばれ」「がんばれば明るい明日が待っている」「僕は君を応援している」というような言説が身のまわりに増えているような気がしてならない。

「星月夜」から「里の秋」へ

星月夜

一
静かな静かな　里の秋
お背戸に木の実の　落ちる夜は
ああ　母さんとただ二人
栗の実　煮てます　いろりばた

二
明るい明るい　星の空
鳴き鳴き夜鴨《よがも》の　渡る夜は
ああ　父さんのあの笑顔
栗の実　食べては　思い出す

里の秋

静かな静かな　里の秋
お背戸に木の実の　落ちる夜は
ああ　母さんとただ二人
栗の実　煮てます　いろりばた

明るい明るい　星の空
鳴き鳴き夜鴨《よがも》の　渡る夜は
ああ　父さんのあの笑顔
栗の実　食べては　思い出す

三　きれいなきれいな　椰子の島
　　しっかり護って　くださいと
　　ああ　父さんの　ご武運を
　　今夜も　ひとりで　祈ります

　　さよならさよなら　椰子の島
　　お舟にゆられて　帰られる
　　ああ　父さんよ御無事でと
　　今夜も　母さんと　祈ります

四　大きく大きく　なったなら
　　兵隊さんだよ　うれしいな
　　ねえ　母さんよ　僕だって
　　必ず　お国を　護ります

　　削除

「星月夜」は童謡作詞家の斎藤信夫（一九一一〜一九八七）が国民学校の教師をしていた昭和十六（一九四一）年につくられた。昭和二十（一九四五）年に戦争が終結し、南方からの引き揚げ第一船が浦賀に入港することになり、ＪＯＡＫ（現在のＮＨＫの前身）で、「外地引揚同胞激励の午後」というラジオ番組の中で、「兵士を迎える歌」を流すことになり、「星月夜」の歌詞を変え、海沼實が作曲をし、曲名を「星月夜」から「里の秋」に変えたものが、現在知られている「里の秋」である。川田正子の新曲として放送され、好評だったために、翌年に始まったラジオ番組「復員だより」の曲として使われたことがわかっている。

一番では母親と二人でふるさとの秋を過ごしているさまを、二番では遠く戦地に赴いている父親を夜空の下で思う気持ちを描き出している。「星月夜」の三番は遠い戦地の父親の無事を願う気持ちを、「里の秋」の三番は、父親の無事の帰還を願う母と子の思いが歌詞となっている。

「里の秋」はダークダックスの歌を聞いたことがあるし、学校で歌ったこともあるように思うが、このような「背景」をもっていることにはまったく気づかなかった。一番の歌詞の「ああ母さんとただ二人」は、なぜ「ただ二人」なのかということを考えれば、何らかの想像ができたはずだが、そこに気づかないのは「幼さ」ということになる。二番も「ああ　父さんのあの笑顔」を「思い出す」のだから、今ここに「父さん」はいない。なぜいないかを想像することがやはりできなかった。

「夢の外」──「真白き富士の根」

筆者は北鎌倉に生まれて、鎌倉市立の小学校と中学校とに通った。だから七里ヶ浜は友人の家もたくさんあるあたりだったし、中学校の頃はよく遊びに行っていた場所だった。

明治四十三（一九一〇）年一月二十三日の午後に、七里ヶ浜の沖で、逗子開成中学校の生徒十二名が乗ったボートが沈み、全員が死亡した。同年二月六日に逗子開成中学校の校庭で行なわれた大法要の席で、鎌倉女学校の生徒がこの哀悼歌を合唱した。作詞者は鎌倉女学校（現在の鎌倉女学院）教諭の三角《みすみ》錫子《すずこ》。三角はトキワ松学園中学校・高等学校の設立者でもある。

曲は当時女学校でよく歌われていた唱歌、大和田建樹《たてき》作詞「夢の外《ほか》」で、この「夢の外」は明治二十三年に刊行された『明治唱歌』の五集に収められている。「夢の外」という曲がすでにあり、その歌詞を書き換えたのだから、これはいわゆる「替え歌」ということになる。曲は、日本福音連盟『聖歌』（一九五八年）六二三番、あるいは『新聖歌』（二〇〇一年）四六五番、聖歌の友社『聖歌（総合版）』（二〇〇二年）六六九番「いつかは知らねど」など、讃美歌として使用されるようになっている。

今はインターネットを使ってさまざまな情報を得ることができる。曲についても、いろいろな情報を得ることができた。以下の記述はhttp://songsf4s.exblog.jp/7481766/による。曲は次にあげたようなプロセスを経て、できあがったと指摘されている。2は1とほぼ同じ曲で、3はアメリカ人作曲家インガルス（Jeremiah Ingalls）が2の前半を編曲、後半部分を作曲したとされている。2と3とはインターネットで曲を聴くことができた。

なぜ楽曲のことについて述べているかというと、筆者は中学生頃に、イングリッシュトラッドに興味をもち、フェアポートコンベンションやスティーライスパン、ペンタングルなど、電気楽器を使って、トラッドを演奏したり、トラッドを下敷きにした曲をつくったりするアーティストの曲をよく聴いていた。だから、イングリッシュトラッドとかアイリッシュトラッドには親近感を覚える。それで、2と3を聞いてみて「おお！　これはトラッドではないか」と思ったからだ。「真白き富士の根」の曲をたどっていくと、トラッドにつながるとは思いもしなかった。やはり明治は複雑でおもしろい時代だと改めて思った。

1 “Piss upon the Grass”（一七四〇年）
2 “Nancy Dawson”（一七六〇年）
3 “Love Divine”（一八〇五年）
4 “Garden (Garden Hymn)”（一八三五年）
5 “When We Arrive at Home”（一八八二年）
6 「夢の外」（一八九〇年）『明治唱歌』
7 「真白き富士の根（山本正夫調和）」（一九一六年）

8「真白き富士の根（堀内敬三編）」（一九三〇年）

夢の外

一　むかしの我宿かはらぬ故郷
夢の外にけふぞあへる
日ぐらし秋よぶ榎の木の木蔭に
おやのゐがほ見んがためよ

二　木のまにみそめし昨日の故郷
いまはさめぬ夢のすみか
富貴もおもはじ名誉もねがはじ
神のめぐみ　ながくとほく

三　雲路にながめし昨日の我宿
月も風もなれてそでを

真白き富士の根

真白き富士の根　緑の江の島
仰ぎ見るも　今は涙
帰らぬ十二の　雄々しきみたまに
捧げまつる　胸と心

ボートは沈みぬ　千尋の海原
風も浪も　小《ち》さき腕に
力もつきはて　呼ぶ名は父母
恨は深し　七里ヶ浜辺

み雪は咽びぬ　風さえ騒ぎて
月も星も　影をひそめ

うれしさあまりてねられぬ枕に
ひびくみづの声もむかし

四　なし

五　なし

六　なし

みたまよ何処《いずこ》に　迷いておわすか
帰れ早く　母の胸に

みそらにかがやく　朝日のみ光り
暗《やみ》にしずむ　親の心
黄金も宝も　何しに集めん
神よ早く　我も召せよ

雲間に昇りし　昨日の月影
今は見えぬ　人の姿
悲しさ余りて　寝られぬ枕に
響く波の　おとも高し

帰らぬ浪路に　友よぶ千鳥
我もこいし　失せし人よ
尽きせぬ恨みに　泣くねは共々

今日もあすも　斯《か》くてとわに

「夢の外」の二番には「富貴もおもはじ名誉もねがはじ／神のめぐみ　ながくとほく」とあり、キリスト教の影響を思わせる。それは「真白き富士の根」の四番の「神よ早く我も召せよ」も同様だ。また「夢の外」三番の「うれしさあまりてねられぬ枕に／ひびくみづの声もむかし」が「真白き富士の根」の五番「悲しさ余りて　寝られぬ枕に／響く波のおとも高し」に変えられていることもわかる。

この章では「書き換えられた歌詞」を扱った。この章の場合、「書き換えを促す何か」は「時局」というような表現でとらえられることがらであることが多い。その「時局」は過去のもの、とばかりはいえないようなことが今日においては少なくないと感じる。「書き換えを促す何か」が何なのか、ということについては、敏感である必要がこれまで以上につよくなってきているように思う。そのことに敏感であるためには、やはり言語表現をきちんととらえることが必要だ。大雑把な言語表現をしているうちに、過剰に「わかりやすさ」を追求しているうちに、過去への目配りを忘れているうちに、引き返せないところに立っていた、ということがないように、と切に思う。

おわりに

ここまでさまざまな「書き換えられた文学作品」を採りあげてきた。書き換えられる前＝「原作」と書き換えられた「改作」とを対照することによっていろいろなことがわかる。まず、文学作品は書き換えることができるということがわかる。何を当たり前のことを言っているのだ、と思われるかもしれないが、これは案外大事なことだ。書き手は、いろいろと考えた末に、ある一つの文を書く。そしてまた次の一つの文を書く。こうした「行為」を重ねて一つのまとまりのある文章＝文学作品ができあがる。それを「テキスト」と呼んでもよい。

幾つかの語を並べたものが文だ。だから、「暗い湿っぽい三和土の上で狆が嚔《くさめ》をした」（北川冬彦「寡婦」）という文であれば、まず「暗い」という語を選び、次に「湿っぽい」という語を選び、というように、語を選んでそれを並べることによって文ができあがる。この語にするか、あの語にするか、ということを迷う時もあるだろうし、ほとんど迷わないで、すらすらと一つの文ができあがる時もあるだろう。すらすらとできあがった文をゆっくりとながめているうちに、やっぱりここはこっちの語にしようと思うこともあるだろう。「暗い」ではなく「黒黒と」にしようといったん思ったが、結局「暗い」にした、とすれば、「黒黒と」は文の表側に顕在化しなかった、つまり潜在化した「候補」ということになる。今は「暗い湿っぽい三和土の上で狆が嚔をした」という文を書いたが、十年経って、自分の書いたこの文を読み直してみた時に、やっぱり「暗い」よりも「黒黒と」がいいなと思って、「黒黒と湿っぽい三和土の上で狆が嚔をした」と書き換えるかもしれない。そうすると、今度はかつては潜在化していた「黒黒と」が顕在化し、かつては顕在化していた「暗い」が潜在化することになる。

書き手の脳裡に、どのような候補が浮かんでは消え、した結果、今目にしている文ができあがったかということは、できあがった文からはわからない。脳裡で展開するそのようなプロセスを仮に「脳内添削」と名づけることにすると、人によっては、きわめて短い時間にさまざまな候補を検討し、文を書いているかもしれない。そういう人は、自身が「脳内添削」をしている自覚がないだろう。文を書くのが上手だといわれるような人は、そういう人かもしれない。最初から最適な語を選択して文をつくりあげる。

「書き換えられる前のかたち」と「書き換えられた後のかたち」とを対照することによ

って、文がいわば「幅」をもっていることが実感できる。できあがった文、文章をみていると、それが完成品として固定的なものに感じられるが、実は文は書き換えることができる。いわば「相対的なもの」だ。文学作品が「相対的なもの」というと、いかにも粗っぽい話に聞こえてしまうだろう。

A　私《わたし》はどうしてもこの鳥《とり》を丈夫《ぢやうぶ》にしてやらうと決心《けつしん》して、それを両手《りやうて》に抱《かゝ》へて家《いへ》へ持《も》つて歸《かへ》りました。そして部屋《へや》の雨戸《あまど》を閉《し》めきつて、私《わたし》は五燭《しよく》の電氣《でんき》の光《ひか》りの下《した》でこの鳥《とり》の傷《きず》を治療《ちれう》にとりかゝつたわけです。

B　私はどうしてもこの鳥を丈夫にしてやらうと決心して、それを両手に抱へて家に持つて帰りました。そして部屋の雨戸を閉めきつて、五燭の電燈の下でこの鳥の治療にとりかかつたのでありました。

Aは井伏鱒二『夜ふけと梅の花』に収められている、「屋根の上のサワン」、Bは『井伏鱒二自選全集』に収められている「屋根の上のサワン」で、両者が異なる箇所に傍線を附した。後者の「本文」に関わる編集方針はどこにも述べられていないが、漢字字体は通行のものを使用していると思われるし、振仮名も基本的には使用しないという「方針」がありそうに思われる。「自選全集」の帯には「米寿をむかえた著者が、初めて作品を厳選し徹底的な削除・加筆・訂正を行なった決定版」と記されている。筆者などは、その「徹底的な削除・加筆・訂正」には、漢字字体の変更や、振仮名の不使用ということは含まれているのかいないのか、が気になる。筆者は、こうしたことも「本文」の変更、書き換えとみなし得ると考えるが、「自選全集」のどこにもこうした変更について記されていないことからすれば、井伏鱒二はそこには関心がなかったか。そうだとすると、漢字字体や振仮名の使用／不使用は文学作品の「本文」とは関わりがないことになる。つまり漢字字体や振仮名は「本文」の要素ではないことになる。そうみなしてよいのだろうか。

話を戻すが、「家《いへ》へ持《も》つて歸《かへ》りました。」よりも「家に持つて帰りました。」のほうがいいと判断したから、書き換えたのだろう、というのがもっとも自然なみかたであることはもちろん認める。しかしAという表現よりもBという表現のほうがよい、というのは結局のところどういうことを意味しているのかとも思う。「とりかゝつたわけです。」よりも「とりかかつたのでありました。」のほうがよい？　よしあしがいえない場合もあるのではないだろうか。そこで、筆者としては、「よしあし」ではなくて、「可能性」あるいは「幅」としてとらえたいと考える。あることがらをAと書くこともできるし、Bと書くこともできる。そうとらえることによって、言語活動のダイナミズムのようなものを実感することができるのではないだろうか。

ここまでは作者が自作を書き換える場合について述べてきたが、作者以外の人が文学作品を書き換えることもある。翻訳は作者以外の人物による文学作品の書き換えといってよい。本書の第二章では「明治期の翻案小説」を話題にした。そこで述べたように、「翻訳」は「ある言語の表現を別の言語に移すこと」であるので、「書き換えられた文学作品」という本書のテーマの中には「翻訳」が含まれているが、本書においては、日本語という一つの言語内における「書き換え」を扱っているので、いわば正面から「翻訳」を採りあげることはしなかったので、ここで幾つかのことがらを採りあげておこう。

川端康成がノーベル文学賞を受賞したのは、翻訳された作品を通しての受賞であるはずで、そのことを文学作品側からはどうとらえればよいのだろう。文学作品は翻訳しても変わらないといってしまっていいのだろうか。

漢文訓読

もともとは古典中国語文として書かれた文の構造をできるだけ残しながら、日本語文として仕立て直すのが漢文訓読といってもよいだろう。漢文訓読も「翻訳」の一つのかたちとみなすことができる。

玫瑰　情女也
甘露瀉
情女一開顔
貽妾庭前紅衲襖
贈郎燈下火斉環
刺手不相関

甘露そそぎ、
情女一たび開顔、
妾に貽す庭前紅衲襖、
郎におくる燈下の火斉環、
手を刺して相関せず。

詩の下に添えたものが訓読文にあたる。「原作」の構造を残したかたちで日本語に移し換えている。これももちろん「書き換え」である。日夏耿之介は『唐山感情集』(一九五九年、彌生書房)において、「原作」を次のように「訳」している。

玫瑰《まいくわい》　なさけ知る女です
あまい液体がながれ出て
なさけ知る女《ひと》からくも顔をほころばす

わたしに貽《のこ》すは庭さきの紅い衣《ころも》
君におくるは燈のもとの火斉の環
オィ手を刺しても気にしやしないぜ。

「玫瑰」は日本のハマナスのような植物で、原種のバラといってもよい。「火斉（かせい／かざい）」は美しい玉の名。「環」は腕飾り。清の馮雲鵬の「二十四女花品」と題された連作の一つで、「蘭」「蓮」「梅」など、二十四の花を採りあげて、それぞれを女性に喩えたもの。右はすでに訓読文を超えている。このような「書き換え」もある。

佐藤春夫『支那歴朝名媛詩鈔 車塵集』（一九二九年、武蔵野書院）は中国の六朝から明、清に至る女流詩人の絶句四十八編を四行詩のかたちに訳したものであるが、訳詩集というよりは、佐藤春夫の詩集といってよいような趣をもつ。そうであれば、『車塵集』は中国詩の「翻訳」と呼ぶよりは「翻案」と呼んだほうがよいことになる。

孟珠（三世紀前半）の五言絶句をあげてみよう。

陽春二三月
草与水同色

攀条摘香花
言是歓気息

佐藤春夫は「薔薇をつめば」という題のもとにこれを次のように「訳」している。

きさらぎ弥生春のさかり
草と水との色はみどり
枝をたわめて薔薇をつめば
うれしき人が息の香ぞする

孟珠の五言絶句は佐藤春夫の「薔薇をつめば」に書き換えられ、新たな「生命」をもったといってよいだろう。これも「書き換えられた文学作品」である。

ヘルマン・ヘッセ『車輪の下』

外国文学の例を採りあげてみよう。今でもとに三冊の文庫本がある。高橋健二訳『車輪の下』(一九五一年十二月四日発行、一九八五年二月二十五日七十九刷改版、二〇一〇年六月十五日百二十七刷、新潮文庫)、実吉捷郎《はやお》訳『車輪の下』(一九五八年一月七日第一刷、二〇〇七年九月二十日第六十七刷、岩波文庫)、松永美穂訳『車輪の下で』(二〇〇七年十二月二十日初版第一刷、二〇〇八年六月二十日第二刷、光文社古典新訳文庫)である。新潮文庫と岩波文庫とには、具体的にどのようなテキストを使って翻訳しているかが記されていない。光文社古典新訳文庫には、「ズーアカンプ社から出ている初稿版を底本とした」ことが記されており、「そのため、これまで日本で出ている訳とはいくつか違っているところがある」と述べられている。同じテキストに基づく翻訳を対照するのがいわば「筋」であるが、今そうしたことを離れて、これらの三冊の文庫の最末尾部分を対照してみることにする。文を単位として示す。

新潮文庫

1 小さい町の上には、のどかに青い空がひろがっていた。

2 谷には川がきらきら光っていた。

3 モミの山は柔らかくなつかしげに遠いかなたまで青い色を呈した。

4 くつ屋はかすかに悲しげに微笑して、道連れの腕をとった。

5 ギーベンラート氏は、このひとときの静寂と、異様に苦しい、かずかずの物思いとから離れて、ためらいながらとほうにくれたように、暮し慣れた生活の谷間へ向って歩いた。

岩波文庫

1 小さい町のうえには、楽しげに青く澄んだ空が、はりわたされ、谷間では河がきらめき、もみにおおわれた山々は、やわらかく、あこがれるように、遠くのほうまで青くかすんでいた。

2 靴屋は悲しそうに微笑しながら、相手の男の腕をとった。

3 男はこのひとときの静けさと、妙にせつない想念のおびただしさのなかから、ためらいがちに、まがわるそうに、なれきった生活の低地へむかって、歩を進めた。

光文社古典新訳文庫

1 小さな町の上には楽しげな青空が広がっていた。

2 谷では川がきらきら光っていた。

3 モミの木の山は柔らかく、憧れるように遠く青く広がっていた。

4 靴屋は品よく、悲しそうにほほえむと、男の腕を取った。

5　ギーベンラート氏はこのひとときの静けさと、奇妙に胸の痛む思いのたけから離れて、ためらいつつ、困惑しつつ、慣れ親しんだ小市民の暮らしに向かって歩を進めていった。

「異なる」という側からいえば、見事なまでに異なる。1文目の「空」にしたところが、新潮文庫の空は、「のどかに青い空」で、岩波文庫の空は「楽しげに青く澄んだ空」で、光文社古典新訳文庫の空は「楽しげな青空」である。「翻訳」なんだから、翻訳者によって、違う訳になるのは当然だ、と思われるかもしれない。もちろんそのとおりであるが、「翻訳」も「書き換え」の一つとみれば、やはり「書き換え」方は一つではない、ということである。

トリビュートから二次創作へ

「トリビュート（tribute）」ということばを耳にしたことがあるかたは少なくないだろう。特定の歌手や演奏家などを讃えて、他の歌手や演奏家が作品をカバーしたものを「トリビュートアルバム」と呼ぶことがある。あるいは、その歌手や演奏家の作品でなくても、讃える気持ちを込めて作られれば「トリビュートアルバム」ということになる。作品に「讃える気持ち」が込められているかどうかは、聞き手、受け手が判断することになる。

作品の素晴らしさを認めてそれを讃える気持ち、そうした素晴らしい作品をつくりあげた作者を讃える気持ちは尊いし、そうした気持ちが「文学作品」の書き換えにもかかわっていると考える。「讃える気持ち」は、この作品と同じような「テイスト」の作品を書きたい、同じような「世界」を描いてみたい、という気持ちにつながっていく。

水村美苗『続 明暗』（一九九〇年、筑摩書房）は未完であった夏目漱石『明暗』を「書き継いだ」ものだ。本の帯には「『明暗』完結！／現代に生きる女性が／漱石になりかわって／その遺作を書き継ぐ」とある。これは「書き継ぎ」であって「書き換え」ではない、と思われるかたもいるだろうが、漱石は初めから『明暗』を未完のままで終わらせようと思っていたのではないはずだ。そうであれば、漱石によって「書かれることはなかったがあるべき作品のかたち」があったと考えることは不自然ではない。しかしそれが漱石の死によってアウトプットされなかった。ジグソーパズルに喩えれば、だいたいは完成しているが、ある程度の数のピースがはめこまれていない。できあがっているかたちから、はめこまれていないピースがこうであると推測したのが、この「書き継ぎ」といえよう。『続明暗』を漱石が読んで、自分が書こうとしていたものはまさにこれだ！　と言うのであれば、『続明暗』は漱石が書いたも同然ということになる。しかし、もちろん漱石は『続明暗」を読むことはできないし、読んだとしても、漱石の書こうとしていたかたちと完全に一致するということは考えにくい。水村美苗自身が、漱石の書こうとしていたかたちにできるだけちかづけようとしていたかどうかもわからない。そうなると、やはり、原理的には想定できる「あるべきかたち」とは異なるかたちのはずで、結果としては「書き換えられた」といってもよさそうだ。

二〇一一年に刊行されたアンソニー・ホロビッツ『絹の家（*The House of Silk*）』は二〇一三年四月に駒月雅子の訳で日本でも角川書店から出版された。二〇一五年十月には文庫版が出版されたが、その帯には、「『恐怖の谷』以来のホームズ新作長編」「初のコナン・ドイル財団公認作品！」とある。

シャーロック・ホームズファンのかたならよくご存じだろうが、コナン・ドイル（一八五九～一九三〇）の書いた『緋色の研究』から「ショスコム荘」まで、長編・短編合わせて六十篇に登場する名探偵がシャーロック・ホームズだ。この六十篇は「正典」と呼ばれたりもする。「ショスコム荘」が発表されたのは一九二七年だが、それから八十年以上経って、コナン・ドイル財団によって、「六十一番目のホームズ作品」と公式認定された上で発表されたのが、この『絹の家』である。これまでも、「パスティーシュ」（文体摸倣作品）は存在していたし、財団の許可を得たものもあった。しかし、「続編」とされたのはこの作品が初めてであった。これも「書き継ぎ」にあたる。これらは「原作」の「世界」を丁寧に継承している「トリビュート」作品でもある。

「原作」に対する称賛の気持ちはあっても、「世界」を大きく変えるということもある。あるいは「世界観／雰囲気」を継承し、具体的にはまったく異なる作品をつくりだすということもある。

野村美月『〝文学少女〟と死にたがりの道化《ピエロ》』（二〇〇六年、ファミ通文庫）は「恥の多い生涯を送ってきました。」という一文がまず掲げられている。太宰治ファンのかたは、「お？」と思われることだろう。「あとがき」の中で「さて、作中遠子が語りまくっていた太宰治は、私も心葉のように、教科書でしか読んだことがありませんでした」「けれど、本作を書くにあたって、作品を片端から読んで、イメージが一変してしまいました。今ではすっかり太宰ファンです」とあることからわかるが、この『〝文学少女〟と死にたがりの道化《ピエロ》』は太宰治の『人間失格』をいわば「下敷き」のようにして書かれている。

講談社からは「リライトノベル」というシリーズが刊行されている。例えば、『坊っちゃん』（文・駒井和緒、絵・雪広うたこ、二〇一五年刊）であれば、キヨが主人公の少年清田に「転生」し、「山嵐」はイケメン教師の「嵐」になっているというように、（なんとなく）「原作」の雰囲気を受け継ぎながら、まったく新しい物語が展開する。扉には「この「リライトノベル」は、名作古典といわれる文学作品を、大胆に書きかえてしまうシリーズです。舞台を現代に移したり、新しい設定やキャラクターを加えたりと、まったく新しい作品に生まれかわっています」とある。芥川龍之介の未完作品「邪宗門」をリライトしたものも出版されている。

未完作品は、リライトの対象になりやすいようだ。やはり「書かれていない部分」があることを読み手に強く意識させるからであろう。初めて「邪宗門」を読んだ時に、

その時、また東の廊に当って、
「応。」と、涼しく答えますと、御装束の姿もあたりを払って、悠然と御庭へ御下りになりましたのは、別人でもない堀川の若殿様でございます。

という、この後はどうなるんだろう？　と続きを読みたくてしかたがない気持ちになった。「応」という「堀川の若殿様」の涼しげな声が場面の映像的な印象とともにずっと頭の中に響いているといってよい。こうした気持ちが、「書き継ぎ」を促すのだろう。（未完作品に限らず、現に示されている文、文章から）書かれていない文、文章を感じ、想像する、それが文学作品をよむということなのだろうし、結局は言語活動の根底にもそうしたことが

あるといってよい。

天折した作家、伊藤計劃が残した（伊藤計劃版：文庫本で二十四ページ程）「屍者の帝国」をもとにして、円城塔が書き継いで長編版の『屍者の帝国』を完成させている。これも「書き継ぎ」であるが、伊藤計劃版「屍者の帝国」の世界観のもとに「新鋭からベテランまでが新作短編を競作する書き下ろしアンソロジー」（『屍者たちの帝国』序）が『屍者たちの帝国』（二〇一五年、河出文庫）であり、こちらは「トリビュート」作品集といえよう。『伊藤計劃トリビュート』（二〇一五年、ハヤカワ文庫）のように書名にはっきりと「トリビュート」が謳われている作品集もある。「世界観を分かつ」ということで、「シェアード・ワールド」といういいかたもある。

二〇一五年の十月からは、京極夏彦の「百鬼夜行」シリーズの「世界観」や登場人物をもとにして新たな作品をつくる、「薔薇十字叢書」の刊行が始まっている。叢書の一冊である、三門鉄狼『ヴァルプルギスの火祭』（二〇一五年、講談社ラノベ文庫）の帯には「京極夏彦公認」「「百鬼夜行」公式シェアード・ワールド薔薇十字叢書」と記されている。

この他に日本の古典文学作品の現代日本語訳も「書き換え」といってよい。「書き換えられた文学作品」というテーマは多くのことがらを内包しており、本書で採りあげることができたのはそのほんの一部にすぎない。しかし、おもしろいテーマだということは疑いない。それが少しでも読者の方々に伝わればさいわいだ。文学作品は書き換えられることを待っている。

【著者】
今野真二（こんの しんじ）
1958年、神奈川県生まれ。早稲田大学大学院博士課程後期退学。清泉女子大学教授。専攻、日本語学。著書、『辞書をよむ』（平凡社新書）、『百年前の日本語』（岩波新書）、『「言海」を読む』（角川選書）、『戦国の日本語』（河出ブックス）、『盗作の言語学』（集英社新書）、『常用漢字の歴史』（中公新書）、『漢和辞典の謎』（光文社新書）など多数。

平凡社新書８１１

リメイクの日本文学史

発行日――2016年４月15日　初版第１刷

著者――今野真二
発行者――西田裕一
発行所――株式会社平凡社
東京都千代田区神田神保町3-29　〒101-0051
電話　東京（03）3230-6580［編集］
東京（03）3230-6572［営業］
振替　00180-0-29639
印刷・製本―図書印刷株式会社
装幀――菊地信義

ISBN978-4-582-85811-2
NDC 分類番号914.6　新書判（17.2cm）　総ページ240
平凡社ホームページ　http://www.heibonsha.co.jp/